黄金郷《レイン・フォレスト》を探索せよ！

制圧攻撃機《ブルドッグ》突撃す

大石英司
Ohishi Eiji

文芸社文庫

目次

主な登場人物

飛鳥亮《あすかりょう》三佐—航空自衛隊戦場制圧攻撃機《ブルドッグ》機長

歩巳麗子《あゆみれいこ》——同副操縦士《コーパイ》にして財務省税関部特別審理官

佐竹護《さたけまもる》二佐—同チーム指揮官　領事作戦部(略称《F2》)メンバー

沼田章一《ぬまたしょういち》一曹——————同機付き整備士長兼航空機関士

間島純《まじまじゅん》一曹——————同センサー・オペレーター兼通信士

青木琢磨《あおきたくま》一曹——————————同105ミリ砲射撃手

友坂昭彦《ともさかあきひこ》一尉-陸上自衛隊戦闘ヘリ《エクスプローラー》機長

平原大陸《ひらはらたいりく》————————————農林水産省技官

プランダラー・ポール——————遺跡盗掘屋、通称“略奪者《プランダラー》”

ケリー・クックマン——————————伝説の宝探し屋《トレジャー・ハンター》

スティーブン・ロライマ——————UCLAの情報考古学者

キャスパー・クライムベック——————コンピュータ工学者

ヘンリー・スピッツバーグ——————ロライマの同僚、行方不明

アマンダ・リベア——————マヤ遺跡発掘の現地指揮者

ダグ・ロシュフォード——————————CIA麻薬担当官

トーマス・モンゴメリー博士——————遺伝子工学者

カラマ・ゴンザレス——————サパティスタ民族解放軍司令官

ゴリ・ベラスケス中佐——————メキシコ政府軍指揮官

レディ・ファントム——————————新興の麻薬王

トッド・ウイリアムス——————カリフォルニアの大富豪

プロローグ

ぬめっとした感触がドライスーツの上から伝わってくる。ここの水は、まるでグリースか何かのようだなと、プランダラー・ポールは思った。

水が濁っていないのは、もちろん流れがあるせいで、しかし塩分濃度が薄いことを考えると、海と繋《つな》がっているわけではなさそうだった。あるいは、地底湖の存在を疑うべきかもしれないとポールは思った。

床から天井までの上下の間隔は、わずか二メートルしかない。完全に水没しており、地面にナイフを突き立てると一〇センチほど潜《もぐ》って、引き抜く瞬間に細かい粒子が舞った。

水温は、一〇度前後だろうか。意外と流れがある。舞い上がった塵《ちり》は、五〇センチと浮かび上がることなく、すぐ後方へと流れて行った。

ポールが目印にして辿《たど》るロープは、一〇年間以上も水に浸《つか》っていたにしては、よい状態に保たれていた。

入り口から五〇メートルも入ると、最初一〇メートルぐらいの幅があった間口も、三メートルかそこいらに狭《せば》まっていた。途方《とほう》もない長い年月をかけて、自然が浸食したトンネルだった。トンネルは真《ま》っ直《す》ぐではなく、ほんのわずかずつだが、右へ左へ、また上へ下へと湾曲していた。ここで灯《あか》りを失えば、生きて帰るのは至難の業《わざ》だろう。

予備を含めて、各自四本のマグライトと、三本のロープを引っ張って来ていた。

先頭を行く部下が、突然何かに驚いて、水が激しく淀《よど》んだ。トンネルは、二〇度ほどの角度で、下へと落ち込んでいた。

「どうした？　ジョーイ」

ポールは、水中通話システムを使って呼びかけた。

「いました。奴です」

ポールは、黄色と黒の斑《まだら》模様のロープを左手で摑《つか》み、右手でマグライトを下へ向け、わずかずつ、トンネルを降り始めた。ジョーイ・キリンバス伍長が、下に降りきった所で、左側の壁にマグライトを向けていた。そこは、テラス状の空洞になっており、幅にして五メートル、奥行きにして一〇メートル、高さにして三メートルほどはあった。

「全員、ゆっくりと降りろ！　ジョーイ、フラッドライトを点《とも》していいぞ」

ジョーイがフラッドライトを点すと、天井から伸びる鍾乳石《しょうにゅうせき》の柱が鮮《あざ》やかに浮かび上がった。ポールは、ライトが照らす物体よりも、一瞬、その部屋の美しさに見とれた。すっかり弛《ゆる》み、絡《から》んだロープが不粋《ぶすい》だった。

「ボンベです、隊長……」

ジョーイがフラッドライトで指した先に、酸素タンク四本が、整然と立てかけてあった。

「ルイス、ボンベの状態を調べろ」

ポールは、塵を立てないよう小刻《こきざ》みな歩幅で歩き、腰を折り、空《から》のボンベを抱きしめた骸骨《がいこつ》を観察した。

「あと一歩だったのにな……」

骸骨が腰から下げているビニール袋の中に、地図と思われる紙が入っていたが、中身はボロボロで、もう紙の繊維にすぎなかった。

マスクを外し、マウスピースを抜くと、一瞬金歯が光った。

「潜水作戦では、注意しなければならないことだ……」

フラッドライトがどこにも見あたらなかった。たぶん、ずっと先の方で捨てたのだ。

「隊長、ボンベはいっぱいです。四本とも」

「つくづく運がなかったな、ケリー。ほんの一〇メートル歩けば、ボンベがあったものを」

ポールは、骸骨に向かって呼びかけた。このケリー・クックマンに辿り着くまで、半年を要した。

「パニックに陥《おちい》っている。たとえボンベを探し出せても、脱出は無理だったでしょう」

右手のグローブから紐《ひも》が一本延びていた。それを引っ張ると、沈殿物《ちんでん》の中に埋もれた一枚のホワイト・ボードが出てきた。太いマジックで、何か文字が書いてあった。

「ひどいな……。読めるか？　ジョーイ」

伍長は、フラッドライトを当て、顔をボードの正面に向けた。

「二番目と三番目は同じ文字のようですね。真っ暗闇で、しかもグローブの上から書いたようですから。最初は〝D〟じゃないですか？」

「〝P〟にも見える。最後もそうだ。最初と最後は同じ文字に見えるぞ」

「いや、これは……、後ろはPでしょうけれど……。〝DEEP〟……。そう読めないですか？」

「DEEP？　深入りしすぎたとでも言うのか？　それとも単なる呟《つぶや》きか？……」

ポールは、そのボードの裏表を写真に撮《と》らせた。そして、しばらくそこに留《とど》まりながら、このトンネルの長さを考えた。

入ったのは、二人だ……。もう少し先に行けば、もう一体の死体にお目にかかれるはずだ。そして、ここに置かれたボンベは四本、ひょっとしたら、まだ先にもボンベがあるかもしれない。おそらくは、まだ数百メートルは続くはずだ。

ポールは、運んで来たボンベを数本そこに置き、引き揚《あ》げることにした。撤収《てっしゅう》前に、テラスの写真を二〇枚ばかり撮らせた。

先達《せんだつ》であるケリー・クックマンの死体をどうしようかと思ったが、ひとまずここに置いておくことにした。死体には慣れている。何しろ、潜った途端《とたん》に、数百を超える髑髏《どくろ》の歓迎を受けるのだ。この手の死体には慣れっこになってしまった。

焦《あせ》ることはない。お宝へのルートは探し出した。ケリーの後に入ったトレジャー・ハンターもいない。安全が何よりだった。ケイブ・ダイビングは、用心なしに前進するにはあまりにも危険だった。

ロスアンゼルス空港へと向かうフォードのワゴンの中で、スティーブン・ロライマは、途中でピックアップした古い友人のために、ポケットから、二三〇メガバイトの光磁気ディスクと、Ａ４ファイルの茶封筒を取り出した。ハイウェイに乗った途端、渋滞に摑《つか》まり、車はさっぱり動かなくなった。

ロライマは、三〇秒おきにバックミラーを見ながら、神経質そうに、「まず、写真を見てくれ」と友人に告《つ》げた。

キャスパー・クライムベックは、助手席でその袋を開け、モノクロの写真を取り出した。

「こいつが、わがインディアナ・ジョーンズ博士の新しい獲物《えもの》かい？　金めのものには見えないが……」

クライムベックは、冷ややかな調子で喋《しゃべ》った。まるで、月面で宇宙飛行士が撮った自分の足跡の写真みたいだった。

「ただの足跡じゃない。そいつはマヤの遺跡から発見された一〇枚の足跡石板の内の一枚の写真で、石板の正体は化石だ。C14法の測定で、白亜《はくあ》紀ごろの化石だと結論が出ている」

「冗談はよせ。この足跡には文様があり、溝も切ってある。まるでリーボックのスニーカーみたいだぞ」

「それだけじゃない。同じ文様の足跡が、ユカタン半島だけで、数億年の長きにわたって少しずつ発見されている」

「科学論文にも雑誌にもひととおり目を通しているが、聞いたこともない……」

「ヨタな話だ。誰だって、発表は慎重になる。学問として取り組んだのは、われわれが初めてだろう。だが、初めてじゃない。三〇年前にユタ州では、五億年前の三葉《さんよう》虫《ちゅう》の化石と一緒に、サンダル状の足跡化石が出ている。誰も真に受けなかったがね」

「UCLAのU2クラブか?……。やれやれ」

「スピッツバーグが行方不明になった」

「何だって⁉」

「先週から、先発隊として現地へ入ったんだ。現地助手が辛《かろ》うじて助かった。テントでの寝込みを襲撃されて、スピッツバーグが誘拐されたらしい」

「現地政府は？」

「当てになる連中じゃない。大使館が動いてくれてはいるがね。俺が捜索隊を率《ひき》いて、これから乗り込む。もし俺に何かあったら、その情報をメディアにばらまいてくれ」

「ちょっと待ってくれ！」

　クライムベックは、写真を封筒に戻して、窓の外を見やった。

「まったく、君って奴は……」

「単なる探検家だ」

「ああ、そうだな。モグラの穴を掘っていたころからの探検家だ……。君らは、この足跡を何だと思っているんだ？　それに、どうしてスピッツバーグが誘拐されなきゃならん」

「いわゆるオーパーツの一種だ。OUT OF PLACE ARTIFACTS――そこにあるはずのない物体だ。まず、そのブーツの足跡の持ち主は、数億年にわたって生きている。数億年にわたり、ユカタン半島を訪れている、二本足の、最新モデルのブーツを履《は》く二足歩行動物がいる。体重は、およそ七五キロで、このうちの数キロは、おそらくなんらかのエネルギー・ユニットだ。幅の広いブーツは、たぶん宇宙服の一種で、身長は一八〇センチ程度と推測される。きわめて人間に近い。進化レベルから推理すれば、人類にそう遠くない」

「なぜ?」

「歩いているし、宇宙服を着用しているからさ。もっと文明が進めば、瞬間移動とかやるだろうに。それに、宇宙服を着用していることと、それにしては体重が軽いことから、エネルギー・パックが非常に軽いことが解《わか》る。現在の人類の宇宙服と生命維持ユニットの重量は、どんなに軽く作っても五〇キロは超える。だから、今のわれわれより、わずかに進化した文明を持つ知的生命体だ。同一人物であれば、このエリアで定点観測を行なっている可能性がある」

「プレデターじゃあるまいし……」

「だが、事実だ」

「スピッツバーグは、何を探しに行ったんだ?」

「われわれが探している相手が、もし時間旅行を行なっているのであれば、ユカタン半島での、いろんなイベントを目撃したはずだ。たとえば、巨大隕石《いんせき》の衝突であるとか。その証拠を探している。足跡を含めた、文明の証拠をね」

「そいつは、何をやっているんだ? 観光旅行とも思えないが……」

「われわれは、ミスターMと呼んでいる。マヤ文明の男、あるいは幻影《ミラージュ》の男という意味だ。彼が最初に地球を訪れたのは、マヤ文明の遥《はる》か以前の、ひょっとしたら恐竜時代だ。だから、文化人類学者でないことは確かだ。たまたま証拠が残っているのが、マヤ時代に集中しているのか、あるいはマヤ文明に、特別の興味を抱いていたのかはまだ解らない。地質学者、エコロジスト、あるいは、俺と同じ情報考古学の専門なのか、どれもあり得ることだ」

「このETだかタイムトラベラーだかが、同一人物だという確証はあるのか？」

「ああ、写真を見れば解る。ブーツの、つま先部分に、特徴的な欠け跡がある。硬貨に出来た傷みたいなものだが、それが残っている。ミスターMは、ずっと同じブーツを履いていた」

「途方もない話だな……。事実なら、世界観がひっくり返る」

「そうだ。だから、俺ですら慎重にならざるを得ない。最初、こいつを見た時は、不眠症に陥ったよ」

「マヤ人は、これを何だと思ったんだ？」

「土器や黄金のデザインの参考にしたかもしれないし、祭祀《さいし》用の神器としたかもしれない。つまり、マヤ文明に影響を与えた恐れがある」

「スピッツバーグは誰に誘拐されたんだ？」

「現地は今、混乱の極《きわ》みだ。麻薬戦争のまっただ中にある。麻薬組織かもしれないし、トレジャー・ハンターの一味かもしれない。考古学者を目の敵《かたき》にする連中はいる」

「どうして尾行なんか気にする。連中はこんなところでも君を襲うのか？」

「何か、これまで遭遇したのとは別次元の危険を感じるんだ。用心だよ」

「俺にできることがあるのか？」

「君の専門分野で協力してもらえることはほとんどないと思う。何があっても俺は本望だから悲しまないでくれと、おふくろに伝えてくれ」

「アマンダをそろそろ連れて来てもいいんじゃないか？」

「アメリカ国籍となるのを嫌《いや》がっている。ああ見えて、なかなかの民族主義者でね」

カリフォルニア大学ロスアンゼルス分校《UCLA》の考古学教室の奇才、スティーブン・ロライマ博士は、アメリカン・エアラインのコーナーでワゴンを停めると、四〇リットルのバックパックを降ろし、小学校へ上がる前からの親友である、コンピュータ工学のサイバーテクノロジスト、キャスパー・クライムベック博士に預けた。

「聖櫃《アーク》を持ち帰るのを楽しみにしているよ。ジョーンズ博士」

「ああ、必ずこの謎を解き明かしてみせるよ」

スティーブン・ロライマは、いつもの陽気な返事は遺《のこ》さず、険《けわ》しい表情のまま、無言でカウンターへと消えて行った。

1章　ハーキュリーズJ

　砂漠に立つサボテンの群れが、まるで水面を泳ぐ魚のようにうねりながら流れ去る。太陽が、ときどきサングラスを突き刺して視界を奪った。コクピット左側のヘッド《H》・アップ《U》・ディスプレイ《D》に全神経を集中し、操舵輪《ホイール》を操《あやつ》る。トリガーを引く瞬間が一瞬ずれ、二〇ミリの調整破片弾は、一メートル四方の標的幕の一〇メートルほど向こうに収束した。

「ナイト・パンサー、目は開いてるんだろうな……。弾《たま》代も税金だぞ」

　飛鳥《あすか》亮《りょう》三佐は、「俺も納税してんだぜ……」と呟《つぶや》きながら、バンクを描き、再度攻撃コースへと乗った。エンジンに余裕が出たせいで、スペクター攻撃機は、以前より遥かに軽快さを増していた。

　エンジンが、アリソンのＡＥ２１００Ｄ３に新しくなったことで、パワーは三割増しになった。当然、その分、ＭＡＸスピードも燃費も向上し、長距離任務にも余裕ができた。

　六枚のスキュープロペラが生み出す騒音には、未《いま》だに慣れなかったが、整備コストは半分になり、運航乗員は、正副の二人パイロットですむようになった。もっとも、彼らは、ブルドッグ・チームの長年の流儀を曲げることを嫌って、機付き長用の航空機関士席を取っ払うことを許さなかったが。

ＡＣ―130ＪＵスペクター攻撃機は、かつて、ブルドッグ・チームの所有機であったＨ型が、アメリカ空軍の秘密兵器を特攻により救った（『飛行空母を追え！　制圧攻撃機突撃す』文芸社文庫刊）お礼として、日本政府に無償提供された。最新の攻撃システムを装備したＡＣ―130Ｕスペクター攻撃機は実戦配備されていたし、Ｃ―130Ｊハーキュリーズ輸送機もすでに飛んではいたが、アメリカ空軍より先に、彼らは、その両タイプをコンバインした新兵器を入手したのである。

実験台にされたとは言うまい……。というのが、おニューの機体を与えられたクルーの口癖《くちぐせ》だった。

「一一時方向！」

副操縦士の歩巳麗子《あゆみれいこ》が、真正面やや左に注目を促《うなが》した。もともと麻薬対策用として航空自衛隊に装備された経緯から、部隊の指揮権は外務省におかれ、隊員には、財務省税関部特別審理官の肩書きを持ち、プライベートで操縦桿を握っていた歩巳麗子が加わっていた。

真正面のやや低いところを、陸軍のブラックホーク・ヘリが進入して来る。着陸態勢に入っていた。

「ナイト・パンサー、降りて来い。客人だ」

隊長の佐竹護《さたけまもる》二佐のぶっきらぼうな声がヘッドホンから響いた。

実弾射撃訓練場の、一〇キロほど南にある緊急滑走路が、弾薬補給用の滑走路として使用されていた。

着陸して滑走路をUターンし始めると、観測ポストにいた佐竹をブラックホークが拾うのが見えた。ヘリは、簡易テントの一〇〇メートルほど隣に着陸して、エンジンを停止した。

砂埃《すなぼこり》が舞い、乾《かわ》いた地面を風に流されて行く。根無し草《タンブルウィーズ》が、それを追いかけるように転《ころ》がって行った。

「機長、副操縦士だけでいい。他は、撤収準備に掛かれ」

「了解」

ハーネスを外し、ヘルメットとインナーを脱ぐ。汗が滴《したた》り落ちた。コクピットからキャビンへのラダーを降り、左翼側ドアを開けると、むっとした熱気が侵入して来た。

「さすがの飛鳥さんでも、手に負えないようね」

麗子は、いささか皮肉を込めて言った。

「昨日今日乗ったばかりだぞ……。自分の手足のようにはいかんさ。グラス・コクピットにも慣れていない。正直言って、俺はああいうのは好みじゃないんだ。アニメじやないんだからさ、ちゃんと針が動いてくれないとな……」

「ヒューマン・エラーを減らすし、視線の移動が少なくてすむわ。よけいなことに神経を使わずにすむし」

「そういうもんかね」

テントに入ると、ジーンズに大柄のアロハシャツを着た白人男性が、うっすらと埃を被《かぶ》ったテーブルに、地図を広げていた。

「飛鳥少佐と、ミス歩巳？　ＣＩＡのダグ・ロシュフォードです。ドラッグ・タスク・フォースのディレクターです」

「招かざるお客様かしら？……」

麗子は、やんわりと微笑《ほほえ》みながら、握手を求めた。

「まあ、貴方《あなた》がたにとってはそうかもしれません」

悪党には見えなかったが、抜け目ない雰囲気を持っている男だと飛鳥は思った。歳《とし》のころ、三二、三。警戒したほうがよさそうだ。

「お話ししてよろしいですか？　中佐」

パイプ椅子に坐り、ダイエット・コークを飲む佐竹二佐が「どうぞ」と答えた。

「君たちの力が借りたい。あのスペクターとともに――」

「実験台ってだけじゃなかったのね……」

「道理で話がうますぎると思ったぜ」

「わがアメリカは、今、麻薬戦争のまっただ中にいる。そして、日本がアメリカのようになる日もそう遠くないだろう。ぜひにも君たちの協力を得たい。場所は、ここ、中南米だ」

「フロリダには、一〇機以上もＵ型のスペクターがある。われわれが行く理由は何だね？」

「もっともな質問だ。いくつか理由がある。先月、作戦行動中のＵ型が、実は一機現地で墜落した。原因は不明。だが、撃墜でなかったことだけははっきりしている。それで、部隊に厭戦《えんせん》気分が蔓延《まんえん》している。それから、このあたりは、ジャングル地帯で、Ｕ型のセンサーがあまり役に立たない。ＪＵ型には、最新の夜間暗視映像装置が組み込まれている。威力を発揮するだろう。それに、日本周辺での麻薬取り締まりでは、わが軍が何かと協力しているのは、皆さんが知っているとおりです。これは、そのバーターというわけですよ。あなた方が東洋人で、現地では目立たないというのも見逃せない。現地では、アメリカ人を知っている人間はいても、日本人を知っている人間はいない」

「つまり、公式にはいないことになっているアメリカ軍が、他国の主権を侵《おか》して展開し、麻薬組織のアジトを焼き討ちして回っている。それに手を貸せと？」

「簡単に言えばそういうことになります。しかし、現地政府の認証下での行動です。日本政府と、外務省領事作戦部の許可は取ってあります」

「われわれに選択する権利はないんだな？」

「まあそういうことになります。ただし、無茶をすることにはならないでしょう。私も同行し、オブザーバーとして全作戦に搭乗させていただくつもりですから。人質《ひとじち》と考えてくださってけっこうです」

「あんたも命令されたってわけだ」

「そういうことです。現地政府の許可があるとはいっても、ほとんど無政府状態ですがね」

「どのくらいの期間、展開するんですか？　あるいは、本機が破壊された場合の補償等の約束はできているんですか？」

「期間は、長くても一週間かそこいらでしょう。われわれが手を焼いている箇所《かしょ》は、そう多くはないはずです。補償はもちろん、完全破壊時でも、代替機が提供されます」

「お膳立ては完璧《かんぺき》、あとはカミカゼを送り込むだけってわけだな。いつ出発すればいい？」

「エドワーズ基地でメインテナンスを終えて、できればすぐに。弾薬と、最低限の整備補給物資は、ある程度、現地で入手できます。第一六特殊作戦飛行隊が残していったものがある。現地への航空マップ、気象データも持って来ました。私物は、エドワーズ基地に置いたままでけっこうです。ほんの一週間ですよ」

「ちょっと待ってくれ」

飛鳥は、CIAマンとの会話を中断し、サングラスを掛けた佐竹の顔を見た。

「そんな話、聞いてます?」

「いや、基地へ帰ったら電話してみるさ。迷惑な話だが、外務省としては、断わって波風を立てたくなかったんだろう。さあ、引き揚げるぞ」

「あの地方の風土病の予防注射打ってもらわなきゃ」

麗子が嘆《なげ》いた。

「ええと、ミスター……」

「ロシュフォードです。ファースト・ネームのダグで呼んでください」

「じゃあダグ、まあ、合衆国政府の期待に応《こた》えられるようベストを尽くすよ」

「ありがとうございます。少佐」

飛鳥は麗子に、ブルドッグへ向かいながら、「絶対からくりがあるんだよな……」

と呟いた。

「どうして?」

「フロリダの第一六飛行隊っていえば、猛者揃《もさぞろ》いだぜ。連中が展開してて、尻込みして引き揚げたなんてことがあるもんか……。それに、いくら新型っていっても、一年、マシーンを乗りこなした連中と、昨日今日受領した俺たちとは、戦力的に雲泥《うんでい》の差がある」

「じゃあ、何の陰謀があるってのよ」

「あのCIAマンに聞いてみるんだな。どこって言ってたっけ?」

「グァテマラとか、ホンジュラスじゃないの?　ユカタン半島の地図みたいだったけど」

「じゃあ、メキシコじゃないか」

「おおかた、隣国に基地を借りて、そこから各国の国境地帯に出撃するとかいうんじゃないの?　ようするに、傭兵《ようへい》かしら……」

「まあ、俺の性《しょう》には合っているかもな」

ブルドッグは、すぐさまエドワーズ基地へとって返し、夕方には、中継地メキシコへ向けてあたふたと飛び立っていた。

ユカタン半島中南部のチェトウマルの、草が生えた滑走路にビーチクラフトがバウンドしながら着陸する。

粗末《そまつ》なエプロンへとビーチクラフトがタキシングすると、物売りやタクシーの運転手、子供たちがわっと駆け寄り、まだプロペラが止まらぬうちに機体を取り囲んだ。この地域の貧しさは、メキシコでも最もひどいのだ。

スティーブン・ロライマは、自分でバックパックを出し、肩に担《かつ》ぐと、子供たちの波を掻《か》き分け、迎えのジープへと急いだ。ジープは二台に増え、先頭車には、ライフルを担いだ兵隊が四名乗り込んでいた。

発掘チームの現地指揮を執《と》るアマンダ・リベアが、二台目のジープの後部座席で、無線機になにごとかを呟いていた。眠っていないのか、目は赤く、頰は死んだように張りを失っていた。

「出してちょうだい！　ディアス」

ロライマがバッグを助手席に放り込むと、アマンダはハンドルを握るディアス・カスコに命じた。カスコは、今年四〇歳になった働き者で、五人の子供を抱えている。話術に長《た》け、チームの便利屋として、地元や軍ともめごとが起こるたびに、巧《たく》みな交渉術でことを納めてくれるのだ。

「子供は元気かい？　ディアス」

「ええ、娘が風邪ひいてましてね、それがちょっと心配ですが」

ディアスは、乱暴にジープを出しながら、ブロークンな英語で応えた。

「ずいぶん物々しいじゃないか？」

「麻薬戦争が激しいのよ。ここでは銃が法律です。アメリカ軍も展開していて、住民はもう隣人すら信じられないんですから。しばらく撤退すべきだわ」

「スピッツバーグの救出に成功したら、それも考えるとしよう。誰が何の目的で誘拐したんだ？」

「解らないわ。軍がやったのか、ゲリラがやったのか、麻薬組織か、あるいは、プランダラー・ポールかも」

「プランダラー・ポール⁉　奴が来ているのか？　あいつが欲《ほ》しがるような財宝は、このエリアのどこにもない。すでに取り尽くされた後だ」

「そうなのよ。ケービングをやっているみたいだけど、解らないわ。何が獲物なのか」

「ケービングか……。われわれが追い求めているものと、同じでなきゃいいがね。会った？」

「いいえ。でもスピッツバーグは話をしたらしいわ。私はごめんよ。相変わらず、軍隊みたいな集団を率いているんですから」

「めどは付いたかい？」

「西のエリアを重点的に探しているけれど、まだヒットはないわ。プランダラー・ポールは、何か見つけたみたい。手伝っている住民にボーナスを出したという話だから」

「衛星写真による最新の分析データを持参したよ。もう二〇カ所ほど穴を見つけた。

僕がミスターＭなら、必ずこのあたりを歩いたはずなんだ。彼の行動パターンは、もう読める」

「もし、いたとしたらね……」

アマンダは半信半疑だった。泥壁や煉瓦《れんが》で作られた家並みには、ところどころ銃痕があった。人々の表情は暗く、通りを歩く人間の数も減っていた。

「プランダラー・ポールと会ってみよう。奴のことだ。軍に金をばらまいているはずだ。もし彼でなければ、スピッツバーグの情報を持っているかもしれない。われわれが求めているものと、彼が求めているものとは違う。それぐらい奴も知っているはずだからな」

「ここには、日本人も入っているのよ。農業技術者らしいけれど。ＴＰＣの実験農場は評判よくないし……」

「ＴＰＣ？」

「テキサス・プランテーション・コーポレーション。ベリーズの国境地帯に実験農場を持っているの。最初は、この地域での収穫量を増産させる研究を行なうという触《ふ》れ込みだったらしいんだけど、それらしきことは何もやってないのよ。でも、軍のほうにはふんだんに金をばらまいているみたい。きっと何か後ろめたいことをやっているのよ」

「日本人はそれに関係しているのかい？」

「いえ、それどころか、ディアスの話じゃ、ＴＰＣが人を雇《やと》って尾行させているみたいよ。産業スパイじゃないかっていう噂《うわさ》ももっぱらだけど、スピッツバーグは彼と何度か会っているわ」

「われわれが探し求めているものが何かを話したんじゃないだろうね」

「まさか……。話しても、相手が信じるわけはないわ」

「気になるな……。ＴＰＣの人間と話したことは？」

「連中はわれわれを避けているわ。研究所の中で、宇宙服を見たっていう住民もいるのよ。バイオテクノロジーらしいけれど、いったい何をやっているのか不気味だわ」

「キャスパーに調べてもらうよ。その日本人も、名前が解るといいな。一緒に調べられるかもしれない」

「また、あの人にハッカーまがいのことをさせるつもり？」

「人聞きが悪いな……。連中に言わせれば合法的手段だ。僕らがやっている墓暴《はかあば》きに比《くら》べれば、ずっとましだってキャスパーは言ってたよ」

ジープは、村を出ると、ジャングルの中へと分け入って行った。

ここは、アメリカを睨《にら》む黄金の三角地帯だ。グァテマラとベリーズ、メキシコの国境線が複雑に絡み合い、地元ゲリラと軍と麻薬組織が、麻薬の生産、中継基地としての利権を巡《めぐ》って勢力争いを繰り広げている。

確かなことはひとつ。ここに正義はないということだった。

夕刻、陽《ひ》が沈むころ、プランダラー・ポールは、ベース・キャンプのテント脇に持ち出したテーブル上で、マティーニを一杯引っかけていた。警備の連中を除いて、部下はほとんどが、町の売春宿へと繰り出していた。

Tシャツ姿のラフな格好のトーマス・モンゴメリー博士は、ビールを引っかけながら、手書きされた地図を覗き込んだ。

「もう一人の遺体は出なかったんだな？」

「探した範囲内では、まだ見ていない」

ポールは、げっぷと一緒に応えた。

「ケリー・クックマンは、ダイビング仲間を連れていた。そいつの死体も当然どこかにあるはずだが、あそこは案外流れがある。どこか、普通には入り込めないところへ流されて行ったのかもしれない」

「生き延びた可能性はないかね？」

「考えていない。脱出したかもしれないが、その後、あそこを訪れた形跡《けいせき》はない」

「不思議だな……。クックマンという男は、全米でも右に出る者のいないダイバーであり、ケービングマンだった。なんであんなところでパニックを起こしたんだ？　電池切れだって、彼ほどのベテランなら、無事に帰れたはずだ」

「確かにそれはある。彼を困惑させた何かが、あそこにあったんだ。急いで帰ろうとしたが、パニックが彼の行動力を奪ったと言える」

「あんたは何かを感じたかね？」

「いや、あいにくだが、俺は神秘主義者じゃない。ただ、財宝を探し歩くだけの男だ。そんなものは感じない。あんたは感じるかい？」

「感じないでもない。スペクター攻撃機の墜落理由がはっきりしていない。目撃したという村人がいる。突然、光に包まれ、一瞬にして爆発した。光に包まれ……というのが味噌《みそ》でね、尋常《じんじょう》ならざるものを感じる」

「科学者がそんなことじゃ困るね」

「このエリアには、不思議なことが多すぎる。用心に越したことはない。われわれが頼ろうとしているのも、このエリアに満ちるある種の神秘性だからね」

「頭がよすぎるよ。この地域の連中は」

ポールは、ちょっと遠くを見るような目線で言った。

「なぜそう思うね？」

「手が込み入っている。鉄も持たなかった連中だぜ。マヤからインカにかけての中南米文化圏でも、この地域の文化というか、科学の高度さは群を抜いている。ＵＣＬＡのバカどもが入ったようだな？」

「ああ、尾行もスパイも潜り込ませてある。われわれとは狙《ねら》っているものが違うようだが、ホールに近寄るようなら手を考える。何でも、ブーツの足跡を探しているんだそうだ」

「ブーツ？」

「ああ、数万年だか、数百万年前の、化石化したブーツの足跡だそうだ」

「何だいそりゃ？」

アルコールが回ったプランダラー・ポールは、グラスを落っことしそうになりながら笑った。

「オーパーツの類《たぐい》だよ。あんたなら、解るだろう？」

ポールは、オーパーツと聴《き》いて、今度は真顔《まがお》で頷《うなず》いた。

「オーパーツか……。うん、このあたりなら、出ない可能性はないな。俺も経験があるよ。シベリアでマンモスの墓場を暴《あば》いたら、頭蓋骨にめり込んだチタンか何かの銃弾を見つけたことがある。形はライフル弾そのものだった。エジプトで暴いたピラミッドの一つには、王の棺《ひつぎ》の中にコダックのポラロイド写真が収まっていた」

今度はモンゴメリー博士が笑い転げた。

「ネイティブ・インディアンの墳墓からはバービー人形が出たとか言うんじゃなかろうね」

「ああ、もちろん、冗談さ」

ポールはさらっとかわした。

「俺みたいな略奪者《プランダラー》は、政府軍に追われ、他の墓暴き人どもと殺し合いをしながら、ようやく獲物に辿り着く。そういう時、妙なものに出合うだろう？　何も考えない。よけいなことは何も考えないんだ。そして、ただ静かに葬《ほうむ》り去る。そいつの正体が解ったからと言ってどうなるものでもないからな。もっとも、大学のお坊ちゃんが言い値で買ってくれるというのなら別だが」

「連中が何を慌《あわ》てふためいているのか探《さぐ》りを入れさせる。今、ここで騒ぎを起こしてほしくないからな。われわれのビジネスと、国家の競争が懸《か》かっている。君がしかるべき成果を上げてくれれば、アメリカは未来永劫《えいごう》にわたって覇権を独占できる」

二人は、成果が出ることを祈って祝杯を上げた。プランダラー・ポールは日付が替わるまでしこたま飲み、朝からのダイビングに備えた。

飛鳥三佐は、コクピットで一番大きい九・五インチのディスプレイに、スキャンした滑走路をデフォルメした線映像を呼び出した。最大高低差が一メートルもある。

「五〇センチ近い窪《くぼ》みまであるじゃないか……。これのどこが滑走路だ……」

「米軍は使っていたんですから、やむを得ないわ」

侵入方向を示す自家発電のライトが、わずかに四本、空へと延びていた。

飛鳥は、フラップを出し、スロットルを絞りながら滑走路上を二度フライパスし、三〇〇イメージを摑んでから、最終アプローチに入った。滑走路はほぼ東西に延び、三〇〇〇フィートほどの長さがあった。

「二時方向にアンノウン⁉」

副操縦士席に座る歩巳麗子が突然叫んだ。飛鳥は反射的にパワーを上げながら、「着陸復航《ゴーアラウンド》！」と叫んだ。

チラと右手に視線を移動すると、歩巳の顔が凍り付いているのが解った。

真っ白に輝く物体が、ジャングルの中からぽっと現われ、空を昇って行く。距離にして四〇〇〇フィートほど。飛鳥は、最初それを照明弾ではないかと思った。

「センサーは？」

飛鳥は落ち着いた声で命じた。

「…………」

「センサーはどうなっている⁉」

「あ、はい」

よく見ると、照明弾でないことは明らかだった。それは空気抵抗を受けておらず、重力の呪縛《じゅばく》からも解《と》き放たれていることは明らかで、自分のパワーで加速上昇し、自分の意志で飛行しているように見えた。

「熱反応が低いですね。レーダー反応ありません」

「そんなはずはないだろう。見えているんだぞ」

コンパスをはじめとする計器が狂い始めた。飛鳥は、ヘルメットのバイザーを降ろし、機体を水平に保ち、フラップを収納して上昇へと移った。

「来ます⁉――」

光の塊《かたまり》が、一瞬くるっと向きを変え、上昇しながらこちらへ向かって来る。

「バイザーを降ろせ！　クルーは不時着と脱出に備えよ！」

光が、地上のジャングルを照らす。どんどん大きくなり、ほんの瞬《まばた》きする瞬間だけ、コクピット一面を覆うような大きさまで接近し、次の瞬間にはどこへともなく消え失《う》せてしまった。

「探せ！　どこだ⁉」

飛鳥はバイザーを上げ、身を乗り出して周囲を観察した。

すでに、跡形《あとかた》もなかった。顔が火照《ほて》っていた。

「センサー異常なし。計器正常に戻りつつあります」

「とにかく、着陸する。今度は何が飛んでもゴーアラウンドなしだ。ダグ！　ちょっと来てくれ」

ダグ・ロシュフォードは、コクピットから下がった最後部のＭＤコンバット・エクスプローラー攻撃ヘリの格納部のシートにいた。

「どうしたんですか？」

「このあたりを妙な奴が飛び回っている」

「白く輝くＵＦＯですか？」

ダグは、別段驚く様子でもなく答えた。

「インフォメーションはきちんとしてもらわなくては困る。ありゃ何だ？」

「解りません。敵意はない様子です。それ以上のことは何も。この地域では、わりと頻繁《ひんぱん》に出現する様子です。まあ火の玉と考えてください」

飛鳥はブルドッグをバウンドする滑走路に着陸させ、草ぼうぼうの誘導路を走った。整備エリアに、ちょうどハーキュリーズ一機の胴体部分だけを収納できるほどの広さの、トタン屋根の格納庫が作ってあった。

そのあたりで、マグライトを回している人間がいた。

飛鳥は、その素人《しろうと》丸出しの誘導には従わず、暗視ゴーグルを装着し、格納庫の屋根の高さを睨《にら》みながら、ロード・マスターを走らせて、垂直尾翼をぶつけないようなポイントで機体を止め、メイン・エンジンを切った。

ラダーを降ろしてコクピットを降りると、さっきマグライトを振っていたTシャツ姿の男が近寄り、日本語で声をかけてきた。

「ええと……、隊長の佐竹さんはいらっしゃいますか？」

「佐竹はフロリダの補給基地に残りました。自分が機長の飛鳥です」

「ご苦労さまです。農林水産省の平原大陸《ひらはらたいりく》技官です」

「農水省？」

補助動力装置の電力で点されるフラッドライトに、背丈《せたけ》が一九〇センチほどもありそうな男が浮かび上がった。差し伸べて握手を求める腕は、戦闘機パイロットとして鍛えられた飛鳥のそれより太かった。歳のころは歩巳と同じぐらいか。

「ええ、筑波《つくば》のジーンバンク・センターの学者です。人は、われわれのことを種子の狩人《かりゅうど》、ジーン・ハンターと呼びますが」

「なんでこんなところに？」

「仕事です。貴重な種子を発見採取して日本に持ち帰るのが僕の仕事でして。年三〇〇日は、こうして外国でテント暮らしです」

ダグ・ロシュフォードが降りて来る。

「やあ、タイリク。夜中にすまなかったな。信頼できるのが君しかいなかったものだから」

「ダグ、天下のＣＩＡが外国人に頼るようになっちゃおしまいだよ。まずは、お互い再会できて何よりだ。僕は麻薬ゲリラに殺される危険があったし、君は乗った飛行機が墜落する恐れがあったんだからな。二人とも生き残っているということは幸運だってことか」

「そのようだな」

続いて、歩巳麗子が降りて来る。右手にコンパクトを持ち、「嫌だわ、ＵＦＯで日焼けなんて……」とぶつぶつ呟いていた。

飛鳥は一歩退《しりぞ》いて、その学者先生を紹介した。

「うちの副操縦士で、財務省税関部の役人です。こちらは、農水省の技官のええと……」

「平原です」

差し伸べられた右手が、すっと引き込んだ。歩巳の顔が、またまた凍り付く。ポカンと口を開け、双方しばらく無表情のまま見つめ合った。

沈黙を破ったのは、歩巳だった。表情を和《やわ》らげ、愛《いと》おしげに右手を取った。

「お互い、世界じゅうを飛び回っていれば、いつかこんな形で再会することもあるだろうとは思っていたわ」

「その……、少なくとも僕は、君がフライトスーツを着て、こんな飛行機に乗っているなんて聞いたことはない。てっきり、どこかの財閥《ざいばつ》の跡取りとでもと思っていたのに」

「じゃじゃ馬ですから。私は……」

飛鳥が、「後にしてくれないか?」と歩巳に囁《ささや》いた。

「ごめんなさい、皆さん。私たちは、知り合いです。プライベートな話は後回しにましょう」

歩巳は、ダグにも解るよう英語で喋った。

「管制塔を兼ねた指揮所兼オフィスがあります。エアコンがあって、昼間は自家発電で動いています。とりあえずそこへ行きましょう」

飛鳥は、ブルドッグの警備に二人を残してオフィスへと移動した。

「ここの警備状況はどうなっているんだい?」

ダグが尋《たず》ねた。

「ダグ、正直に言って僕は迷惑した。おかげで満足に身動きがとれなかった。警備は問題ない。まだドル札が効《き》いているよ。アメリカ軍が戻って来て、またドルをばらまいてくれることを皆信じていたからね」

「それはよかった。じゃあ、最低限の燃料と弾薬は無事なんだな」

「ああ、弾薬に関しては、仕掛け爆弾があると脅《おど》して厳《きび》しく指導した。燃料はそうもいかなかったがね、ドラム缶にして一〇本ばかりは、見て見ぬふりしてくすねさせたよ。その程度ならどうってことはない」

「まあ、しょうがないだろう。君なら、それぐらいの機転は利《き》くだろうと思って頼んだんだから」

オフィスには、二段ベッドも据《す》え付けられ、基地宿舎のミニチュア版といった感じだった。たぶん、ＣＩＡの標準前線オフィスなのだろうと飛鳥は思った。

無線機が並べられたテーブルの上には、ピストルが一丁《ちょう》とショットガンが一丁載《の》せられていた。

「誰が使うの？」

歩巳が尋ねた。

「僕さ。熊を撃つみたいにはいかないけれどね、けっこううまいんだぜ。盗賊避《よ》けだよ」

「長生きしないわよ」

「そうだね」

よそよそしい会話だった。簡単なブリーフィング・ルームもあり、壁には一週間前の天気図が貼られたままだった。

「いちおう、天気図を受け取るためのファックスもあります。だから、世界じゅうへ電話できます。通信状況が最悪なので、もし飛行機のほうで送受信できればそれにこしたことはないですが」

「また新たに、警備の民兵を雇《やと》いたいが可能だと思うかい？」と、ダグが尋ねた。

「農民に現金収入はありがたい。だが、こういう形でドルを撒《ま》くべきじゃない。僕は協力できないが、必要とする数は揃《そろ》うだろう。ところで、皆さんはどこでお寝《やす》みになりますか？」

「機内に、クルー分のキャンバス・ベッドは確保してある。エアコンがある分、向こうのほうが寝やすいが、俺なら付き合いますよ」

「解りました。適当にベッドを選んでください。シラミだのノミだのいますが、たぶん慣れていらっしゃいますね？」

「まあね」

「お茶でもいれましょう」

歩巳がそれを手伝う。無線機の反対側に、簡易コンロが据え付けられていた。

ダグは、無線機などのチェックを始めた。

「平原さん、ダグは日本語はどうなの？」

「スペイン語、ポルトガル語、フランス語を喋りますが、漢字はだめです」

飛鳥は、ダグに聞かせたくない話をまず片づけたかった。

「二、三質問したいんだけど、どういう知り合い？」

「ここよりちょっと南の国で活動中、ゲリラに捕《つか》まっちゃいましてね、一カ月拘束されました。本省も外務省も頭を抱えていた時に、現地にいたダグが骨を折ってくれたんです。だから、今度の留守番はその恩返しです。われわれが現地へ入る時には、農業技術者という肩書きですから、わりと警戒されないんですよ。もちろん、現地で農民を集めて、お礼に農業指導もして帰りますから。そういうところで得た政治経済情報をたまにダグに提供していますお礼としてね」

「さっき輝く物体に襲われた。見てました？」

「ええ。毎晩というほどじゃありませんが、毎晩空を監視していれば、週二、三回は目撃できるはずです。意思を持っているようでもあり、なさそうでもある」

「機体に異常接近した。自然現象とは思えない」

「いや、そんなことはありませんよ。空気中に浮かぶ飛行機は、異常な電磁場の原因ですからね、何か、そういう物質に敏感に反応する物体が興味を示したとしても不思議はない」

「一機、攻撃機が墜落したという話だけど？」

「私が聞いているのは二機か三機という話です。ただし、この基地から飛び立った飛行機で墜落したのは一機だけです。まあ、街ではいろいろと言われていますがね、あの輝く光に攻撃されたんだとか」

「連中がここを引き揚げた理由は何です？」

「僕が直接聞いたわけじゃありません。ダグもその時にはここにいなかったし、彼も正直なことは話しちゃくれませんから。街の噂では、あの光の飛行物体のせいだと言われています。あれでパイロットたちが心底怯《しんそこおび》えたせいだと。僕は半信半疑です。皆さんは、どうしてこんなところに派遣されたんですか？」

歩巳が掻《か》い摘《つま》んで話して聞かせた。

「困ったお嬢さんだ。飛行機は危ないから止《や》めろって言ったのに」

「あら、こんなジャングルでピストルを抱いて寝るよりは安全なことよ。どうせまだ独身なんでしょう？」

「独身だからこんなにこき使われる」

四人はパイプ椅子に座り、ダージリン・ティーを飲みながら、飛鳥がジーン・ハンターなるものについて尋ねた。

「われわれが求めているものは、原生種、もしくは原生種に近いものです。たとえば人類で説明しましょう。アマゾンやニューギニアの地図の空白地帯には、ほとんど文明人と接触したことのない民族が暮らしています。もし彼らが、明日、東京やニューヨークに現われたら、インフルエンザ・ウイルスで簡単に死んでしまうかもしれない。進化と自然淘汰《とうた》では、結局生命力のない遺伝子が衰退していきますから。ところが、彼らの中には、インフルエンザには弱いのに、エイズ・ウイルスに感染しても発病しない人々がいる。われわれと何かが違うんです。進化の過程で失った何か特別なDNA構造をまだ持っているんです。それを取り出し、薬品とすることで、エイズを駆逐《くちく》できるかもしれません。ジーンバンクがやろうとしているのはそれの種子版です。原生種に近い種の遺伝子構造を解き明かし、寒さに強いもの、あるいは成長の早い遺伝子を、今の作物《さくもつ》に植え込む。アメリカはもっとさらに進んで、それらの遺伝子を特許登録してビジネスにするまでいってますが」

「そんなのが特許になるの？」

「ええ。すでに種子を巡る特許紛争も発生しています。農林水産省の試験田で、一〇年も交配実験を繰り返してようやく完成させた品種の遺伝子構造が、すでに特許申請してあったなんてことも起こっています。農業《アグリ》ビジネスは、今最もホットな戦争です。日本は〝一人負け〟状況、アメリカが〝一人勝ち〟状況ですが。何しろダグみたいな連中は、軍の研究所まで総動員しますからね」

「今度ばかりは負けたくないんでね」

ダグが、当然と言わんばかりに弁解した。

その夜、もう一度、光る物体が滑走路を横切るのが目撃された。先行きを暗示する夜だった。

2章　ブーツ

昨夜の混乱が嘘《うそ》のように、染《し》み一つない朝焼けがあたりを柔らかく包んでいた。

プランダラー・ポールは、路上で寝転ぶ部下をどやしつけ、さっさと朝飯を喰わせると、午前中のケービングへと向かった。

ブルドッグ・チームを率いる飛鳥は、まずはまともな滑走路をと、住民を雇っての滑走路補修に掛かろうと決めていた。

スティーブン・ロライマ博士は、ベースキャンプにスピッツバーグの誘拐を報告したあと行方不明になった発掘助手が現われるのを待っていたが、結果は思わしくなかった。

朝焼けが、ピラミッド型の遺跡を神々《こうごう》しく照らしていた。それは、五年前、山だと思われていたのを、行方不明になったスピッツバーグが、衛星からのリモートセンシング技術を用《もち》いて発見した遺跡だった。

地元には、何の言い伝えもなく、まだ名前はなかった。スピッツバーグが発見時に呼んだ「デルタ」という呼び名で通っていた。衛星写真を一目見た瞬間、ギリシャ文字のデルタに似ていたからで、実際、最初は三角錐《すい》と思われていた。いざ、表面の土が長年の浸食で洗われたあとに姿を見せたのは、なだらかな四角錐の神殿だった。

彼らがそこで発見したのは、れいのミラージュの男の足跡と思われる石板だけだった。

「とにかく、朝イチで出かけるのよ。ボンベを担《かつ》いで。プランダラー・ポールを捕まえるんなら、夜でなきゃ無理だわ」

「そういうのは、昨日のうちに言っておいてほしいよな……」

アマンダ・リベア博士とロライマ博士は、地もののコーヒーに、焼きたてのパンを食べながら今朝の計画を立てた。まずは、スピッツバーグの捜索、第二に、発掘現場の復旧だ。

プランダラー・ポールが捕まるであろう夕方まではやることもない。ロライマ博士はそそくさと、発掘調査の準備を現地の作業員たちに命じた。

「スピッツバーグを探しに来たんでしょう?」

「そうだけどさぁ……。まずはプランダラー・ポールに話を聞いてみないと、もし軍とかが犯人だったら、僕らまで捕まってしまう。うかつに動けないよ。それに作業員だって、いつまでも遊ばせておくわけにもいかない。研究室から日当を払っているんだから」

「友達が助けを必要としているのに……」

「僕らは、この件に関してはいつも話し合っている。そういう危険に遭遇した場合でも、調査は続行するとね。それが優先事項で、僕らの誇りでもある」

「また襲われたら？」

「そのために、用心棒を雇ったんじゃないか。もし平和的に接触できれば、スピッツバーグの解放交渉をするチャンスにもなる。前向きに考えようじゃないか」

「貴方《あなた》っていつも楽天的なのね？」

「だから、こんなヨタな研究に打ち込める」

ロライマ博士は、一〇名ほどの用心棒を雇い、二〇名ほどの作業員を連れて、ベース・キャンプを出発した。目的地は、デルタから五キロほど離れた地底湖への入り口だった。


滑走路整備の指揮を終えると、飛鳥はジープで二度ほど滑走路を走り、空荷《からに》に近い状態なら、二つ三つ穴埋めするだけで、離着陸は可能だと判断した。

まずは、制圧エリアを偵察する必要があった。ＭＤのディフェンダー攻撃ヘリコプターに代わり導入された、ノーター・タイプのコンバット・エクスプローラー攻撃へリをキャビンから降ろし、機体を軽くした。

　エクスプローラーを降ろしたのは、いざという時のサポートのためでもあった。

　ＣＩＡのダグ・ロシュフォードが、衛星写真を元に、エリアを説明した。

「まあ、サパティスタ民族解放軍、いわゆるサパタ主義者の集団です。サパティスタ民族解放軍と、グァテマラ民族革命軍《URNG》が裏で組んでいます。サパティスタ自体は、人はいても武器は持ってませんからね。それに、このあたりはもともとグァテマラの勢力圏内でした。ＵＲＮＧが、武器を渡して唆《そそのか》しているというのが一つの事情。そして、北米貿易自由協定《NAFTA》も暗い影を落としています。ＮＡＦＴＡのスタートで、北米からの安い穀物が入るようになり、地元での農業を圧迫するという警戒感がメキシコ以南には強いです。そこに、最も換金効率のよい作物を植えろと唆す連中が現れたというわけです。監視の厳しくなった南米から、マーケットのお膝元まで、もっと北上したわけですよ」

「南米の麻薬王？」

「正体はよく解っていません。アメリカ人だという噂もあります」

「当然、連中は軍も取り込んでいるんだろう？」

「まあ、メキシコ軍も、このあたりに来ると末端も末端ですからね。中央に対しては制圧を口にしながら、裏で賄賂《わいろ》を貰《もら》っている可能性はあります。現に、メキシコ軍の力が入らないから、覆面部隊が必要になっているわけでして」

「効果はあったわけ？」

「ええ、過去一年間作戦行動し、ゲリラ勢力と麻薬製造工場の七割がたは潰《つぶ》しました。ところが、そこまでいったところで、足踏み状態に陥《おちい》りました。敵も学んだんですよ。工場を小さく分散したり、岩陰に隠したり、移動の頻度を上げてきた。ゲリラはそれ以上です。連中は屋根を必要としませんからね」

「麻薬組織とゲリラ組織は一体なのかい？」

「お互いいい協力関係にあると言っていいでしょうね。ゲリラ組織には資金源になるし、麻薬組織にとっては、連中がいてくれるおかげで、うかつに政府軍が入れないという状況を作れますから。われわれの目下の悩みは、この遺跡……、デルタと呼ばれていますが、この遺跡の東の山岳地帯の掃討《そうとう》です。森が深いせいで、工場を発見できないんですよ」

「どちらを優先するんだい？　ゲリラと麻薬と」

「発見できたほうから先に潰していきます。衛星写真で、ある程度怪《あや》しいところは目星が付いています」

テーブルに広げられた全紙大の写真に、Ａ１からＣ９まで、マジックで囲んであった。そこはサンデーラバーズと名付けられていた。

「道があるね」

「いえ、川の跡です。これは、ミリ波から赤外線に至るまで、いろんなセンサー情報をインテグレードした写真ですが、おそらくマヤ文明時代のもので、考古学者なら生《なま》唾《つば》ものの情報でしょう。サパタ主義者は、マヤ文明を頂《いただ》く先住民族が核になっていますから、プライドが高いんです。麻薬も、道徳的に悪いというより、アメリカと戦う手段だと教えられているから始末に負えない」

「敵の武装は？」

「携帯式のスティンガーを少数保有しているはずです。麻薬組織は金持ちですから」

「れいのＵＦＯは？」

「解りませんね。敵でないことを祈るのみです」

「夜でいいんだね？」

夜が楽ということはないが、いきなり昼間飛ぶのも気が進まなかった。

「しばらく飛んでいませんから、敵は油断しているでしょう」

「滑走路を見張っていれば、舞い戻って来たことは解る」

「ええ、まあそうですが。昼間飛んでも、こうジャングルが深くては何も発見はできないでしょう。夜のほうが気温が下がって、センサーの性能は上がる」

「うん。まあこっちもそのほうがやりやすいからな。ところで、ここが襲撃される危険はないのかね？」

「いちおう、ここは政府軍の制圧地区ですから。ＣＩＡから、地区の司令官にバックマネーが渡っています。ただ、ゲリラ的な攻撃は防ぎようがありません。そのために雇った連中が、ちゃんと働いてくれるかどうかは解りません」

「なるほど」

滑走路側へ視線を向けると、ブルドッグが収まるバラック小屋の陰で、歩巳と平原がなにごとかを話し込んでいた。

「彼は頼りになる男ですよ。日本人にしては珍しい」

「というと？」

「われわれを毛嫌いしない。東洋人のインテリが、われわれ白人の情報機関に向ける眼差《まなざ》しというのは独特なものがありますからね」

「彼にも得るものがあるからだろう」

「ええ。お互いそのあたりのことは割り切ってますよ」

ダグは、ウェザーの手配を本国に求めると、軍の指揮官に挨拶しに、前後を護衛に守られたジープで出かけて行った。

平原と歩巳が、連れ立ってエアコンが効いた室内に入って来た。

「平原さんが、お役人としての依頼があるんですって」

「ダグには聞かせたくない話かい？」

「まあ、そういう話になります」

平原は、ブルドッグの傍《かたわ》らに置かれたエクスプローラーに顎《あご》をしゃくった。

「あれ、飛べるんですよね？」

「夕方、パイロット・クルーが着くはずだ。問題ない」

「実は、私の種子集めに協力をいただきたいんですよ。ゲリラや麻薬組織の制圧地区で、どうしても立ち入りできないエリアがありましてね。この地図にあるサンデーラバーズです。ここに、ちと珍しいトウモロコシの原生種がありそうなんです。ちょっとひとっ飛びして刈って来たい」

「場所は特定できるの？」

「資源衛星で、ある程度調べてはあります。あとは、肉眼か、センサーで探すしかない」

「危険なエリアなんだろう？」

「ええ。でも、ヘリなら、ほんの五分現場に留《とど》まるだけでいい。僕が降りて、茎《くき》を刈り、引き返すだけです」

「今夜の偵察次第だね。それに、いざ飛ばすとなるとダグに黙っておくわけにもいかんだろう」

「まあね。もう一つ。ＴＰＣのコロニーを可能な限り優秀なセンサーで探ってもらいたいんです」

「ＴＰＣ？」

「アメリカのジーン・カンパニーです。表向きは、この地域に見合った作物の栽培実験を行なっていることになっています」

「実際にやっていることは？」

「アメリカ本土では認可が難しい遺伝子操作の種子の栽培実験です」

「なんでそんなのに興味があるんだね？」

「管理が杜撰《ずさん》らしくて、被害が出ています。半年ほど前、プランテーション周辺数ヘクタールに、正体不明の植物があっという間に密生して、大騒ぎしたそうです。噂では、米軍が上空から農薬を撒《ま》いて駆除《くじょ》したらしいですが」

「米軍ってことはダグも絡《から》んでいるのかい？」

「絡んでいるかもしれません。種子らしきものを入手して日本へ送りました。トウモロコシに似ている印象を持ちましたが、その跡地は、丹念に焼き払われ、今は草一本生《は》えていません。ブルドッグのセンサーなら、かなりのデータが得られるだろうと思います」

「どのあたりにあるんだ？」

飛鳥は、偵察写真へ顎をしゃくった。

「映《うつ》ってません。ここからほんの二〇キロも離れていませんが、東の方ですから。たぶん、ダグは見せたくなかったんでしょう」

「われわれがこのエリアにどの程度留まることになるのか解らない。作戦エリアの外に関しては、検討が必要だ。正直なところ、あまりよけいなことはしたくない」

歩巳が、無表情に飛鳥を見ていた。ともに、今はクルーの安全を預かる立場にある。昨夜の異常な体験の前にあっては、そう気乗りする話ではない。

「ええ。もちろん、任務に余裕がある時でけっこうです。僕はちょっと町まで買い出しに行って来ます。衛星電話をお借りしていいですか？　大使館と連絡を取りたいので」

「ああ、好きにしてくれ」

平原が出て行くと、歩巳は壁に掛けられた航空地図の上を指でなぞった。

「アプローチ方法を工夫《くふう》すれば、怪しまれることなく、着陸進入だと思わせて偵察できるわ」

「任せるよ、その件は。信用していいのかい？　あの男は」

歩巳は歯を見せて苦笑した。

「裏表のない、大陸っていう名前そのもののような男の人よ。昔も今もね。あたしは変わったけれど、あの人は全然変わっていないわ」

「ドラマがあったってわけだ」

「そうね。大学の恩師の家に居候《いそうろう》していたのよ、彼。そこで知り合ったの。あたしは洋行帰りの、ちょっとお高くとまった女の子で、彼はそんなことにお構《かま》いなしの田舎《いなか》もので、でも、結局あたしがふられたのよ。ある日スポーツバッグを担いで消えちゃったわ」

「だいぶ端折《はしょ》った話らしいな」

「そういうこと」

飛鳥は、興味なさげに、机上のルーペを右手に、ダグが持参した偵察写真の上に屈《かが》み込んだ。山岳部は起伏に富んだ地形で、なるほどこれでは、戦闘機は動きづらいはずだ。

まるで脳味噌《のうみそ》に描かれた皺《しわ》みたいだなと思った。地形が敵になる、困難な任務になりそうだった。

プランダラー・ポールがデビルズ・ケイブと名付けたその鍾乳洞《しょうにゅうどう》は、全体の三分の二が水没しており、全長がどのくらいあるのか想像もつかなかった。

発見は、れいによって衛星写真だった。直径二〇メートルほどの、汚濁《おだく》しきった沼が入り口だった。

祭祀《さいし》用に使われていたことは明らかで、湖底は百を超える夥《おびただ》しい髑髏《どくろ》で埋められていた。

プランダラー・ポールは、七キロを過《す》ぎたあたりに、テラスを探し当て、そこに中継ポイントを設置した。

広さにして、場末のクラブのステージ程度だった。五度ほどの傾斜があり、天井まで二メートルもなかったが、休憩するには充分だった。

先人であるケリー・クックマンの足跡もここまでだった。無茶な奴だ。半年かけたとはいえ、たった二人でこんなところまで潜《もぐ》るなんて。

テラス部分の深さは五メートルほどで、テラスに乗って腰を下ろすには、人の手を借りる必要があった。気体成分を分析してから、レギュレーターをくわえたまま、ゴーグルだけを外して上がった。

「数億年前の空気だぞ、ジョーイ……」

レギュレーターをそっと外し、どんよりとした空気を吸った。三時間のダイビングでへばった身体を、プランダラー・ポールはジョーイ・キリンバス伍長に引き揚《あ》げてもらった。

「すみません、隊長、ちょっと動かないでください……」

キリンバス伍長は、マグライトで、プランダラー・ポールの目前を指し示した。何かの窪《くぼ》みが、ライトの影になり、縞模様《しま》を描いていた。

「なんだ？　三葉虫の化石か？」

「いや、そうじゃないみたいです。人工物の化石です」

「どれ、貸してみろ」

プランダラー・ポールは、ボンベを背負ったまま、腹這いになり、マグライトを受け取ってその部分に当てた。

足跡と思《おぼ》しき化石だった。ナイフの柄《え》でこづいてみたが、びくともしなかった。

「角《かど》がある……」

「ええ、ブーツです。それも、比較的フレキシブルなブーツですね」

「ああ、雨靴に近いな。どのくらい経《た》っていると思う？」

「このテラスの状況からみて、少なくとも一〇〇〇年単位であることは間違いないでしょう。ＵＣＬＡの連中が探しているのと同じものかもしれませんね」

「ああ、写真を撮《と》っておけ。連中が俺たちのお宝を発見したとき、取引できる」

「はい」

プランダラー・ポールは、テラスに腰を下ろすと、ボンベを降ろした。

次々と部下が上がって来る。疲労で、皆声もなかった。伍長がフラッシュを焚《た》いて写真を撮り始めると、テラス内が明るく照らされた。

天井を見上げていたプランダラー・ポールは、頭上にも二つ足跡を見つけた。

「伍長、上だ……。上にもあるぞ。まるで子供の悪戯《いたずら》みたいだな。このあたり地層は逆転したのか?」

「いえ、それを思わせるような痕跡はありません。不思議ですねぇ……」

「そりゃあ不思議さ、逆立《さかだ》ちでもして歩いたのか」

「いえ、そういう意味ではなく、まず足跡が二つしかないこと。その二つの足跡が、並んでいること。歩いている途中じゃありません。ぴたっと揃《そろ》っている。それに、少なくとも彼がここを訪れた時、ここはすでに水没していました。それも泥を跳ね上げたような感じじゃない。すでに鍾乳石に覆《おお》われていたはずです。どうやって、どこからという他にも疑問があります」

「何のために……。それも疑問だ。われわれと同じものを探していたのかもしれない」

「それはないと思います。この古さから考えると、これはマヤが栄えた古典期以前の訪問でしょう」

「ルイス、位置を特定しろ」

ルイス・ジーニー伍長が、ＩＮＳ装置を使っておおよその位置を弾《はじ》く。残念ながら人工衛星を利用したGPSナビゲーター装置が使えないので、誤差は二〇メートルに近かった。

「もう地上から五〇メートルほど潜りましたが、まだ海水面まで二〇メートル近くあります。あと一〇キロほどで、海岸線に出ます」

「おかしいな……、伝説どおりなら、そろそろゴールが見えていいはずだが」

「上からボーリングして、エア・ホースを通すという手もありますが……」

「このポイントを地上から特定するだけでも一週間はかかる。しかもゲリラの制圧エリアだ。実際のボーリングまで含めれば一カ月はかかるだろう。気乗りせんな。だが、上から探すというのは、いいアイディアだ。衛星でチェックし損《そこ》なったものを発見できるかもしれない。フロリダの連中が帰って来たんだろう？　協力を仰《あお》ごう」

「そうですね」

　水面にフロートを浮かべ、引っ張って来たクローズド・サイクルのボンベ一〇本をぶら下げた。

　エベレスト登頂にも似た困難さだった。地上から三キロも入ったあたりからは完全に水没しており、ここまで、休憩できそうな空間はまったくなかった。一〇〇本のボンベを五〇本運び、そこから二〇本先へ延ばし、さらに一〇本とポーター方式での補給で、潜る時には三〇名いた部下も、今ではわずかに一〇名だった。

「一時間休憩。飯でも食ってから、今日はこれで引き揚げるとしよう。帰ってから、もう一度検討してみる」

真空密封された軍用ミールを食べると、一〇名の男たちは、死んだように眠りこけて休憩を取った。

カラマ・ゴンザレスは、薄くなった白髪《しらが》の頭を掻《か》くと、ルーペを使って石板の上を舐《な》めるように観察している男を見下ろしながら、滴《した》り落ちて来る首筋の汗を拭《ぬぐ》った。

空はほとんど見えない。二〇メートルを超える高さの木々が、鬱蒼《うっそう》としたジャングルを形成する。

蚊《か》やハエが低い唸《うな》りを発して飛び回っていた。肩に担いだAKライフルがずしりと喰い込んだ。

「盗品市場には気を付けていたんだ。出どころはどこかと思っていたが、こんなところにあったとは……」

「われわれの活動資金を得るためだ。先祖も悪くは思わないだろう……」

ゴンザレスは、滑《なめ》らかな英語で答えた。メキシコ・シティにあるオイル・メジャーの会社で働いていたころの名残《なごり》で、どこかに慇懃《いんぎん》無礼《ぶれい》な響きが残っていた。

「まだあるんですか？」

「ああ、襲撃されて一網打尽《いちもうだじん》になるのを恐れて、分散して隠してある」

「じゃあ、われわれが知らない遺跡もご存じなんですね？」

「たぶんね」

「石板に刻まれた神聖文字の類型が、比較的新しい。古典期後期のものですね。ま、古典期という呼び名自体、われわれが勝手に付けたものですが。この時代のものが出土したのは初めてです。マヤ文明は寒冷期の終わりに絶頂期を迎えますが、そのあとだ。中世温暖期の中の、九〇〇年ごろの一時的な寒冷期時代の様式ですね」

「なぜ滅《ほろ》びたんだね？」

ゴンザレスは退屈しのぎに尋ねた。

「そうですね……」

UCLA、U2クラブのヘンリー・スピッツバーグ博士は、身体を起こすと、膝を登りつつあったムカデを払い落としながら、ゴンザレスに答えた。

「いろいろ理由はあります。最大の理由は環境変化。寒冷期が衰退時と重なる。樹齢二〇〇〇年以上を生きている杉の大木が世界各地で発見されています。その年輪を調べることで、数千年前の気候を知ることができる。この時期、世界じゅうで文明の交代がありました。中東ではペルシャが滅亡し、南米ではシカン文化が寒冷期を境に勃《ぼっ》興《こう》してくる。僕は考古学全般の専門であってマヤ文明は囓《かじ》った程度ですが、しかし環境はあくまでもひとつの要因にすぎません。結論を言うと、今とそう変わるものじゃない。おきまりの政治の停滞による指導部の専制化、恐怖政治、それを解決するための部族間戦争による疲弊《ひへい》。今、ここで起きていることとそうたいして変わらない。コマンダー、文明なんて、一瞬ですよ。民族の戦いは数世紀にも数世代にも及んできた」

「そうだな。だが、われわれはそう長くは待てない」

隊長《コマンダー》と呼ばれたゴンザレスは、押し殺した声で喋《しゃべ》った。スピッツバーグが喋るスペイン語、ポルトガル語は、ゴンザレスの英語よりうまかったが、ゴンザレスは、二人の会話を部下に聞かせたくなかった。

彼らサパタ主義者にとって、マヤ文明は、研究の対象ではなく、崇拝と、誇りをもたらす源泉だった。かつて、ローマ人より優《すぐ》れた文明を持っていたという事実は、藁《わら》葺《ぶ》きの小屋に住み、五〇年前の猟銃を武器に戦う彼らを勇気づけ、奮《ふる》い立たせてくれた。

「この神聖文字には何て書いてあるんだね？」

石碑の上部には、サイコロを思わせるような四角形の人型の彫刻が、縦二列に並んでいた。

「解りません。若干、南のものと様式が違うみたいです。解読には時間が必要でしょう」

「君らは何だと思っているんだ？　ただのデザインかもしれない」

「ええ、足跡の寸法が違うとかいうのであれば、その説も取ります。神聖文字が解読されたのは、ここ二〇年ぐらいのことです。ポポル・ヴフはご存じですね。マヤ文明の伝説集ですが、ああいったものに解釈を与えることを趣味とする連中がいるんです。たとえば、家族が森へ入ったまま、行方不明になる物語があります。環境家は、それを環境悪化による餓死、もしくは人口減の物語であると解釈します。歴史家は、それを他部族との争いがあった証拠だと判断する。ＵＦＯによる原始誘拐の証拠だと言い張る連中もいる」

「当時の技術をもってすれば、たかだか足跡のレプリカを作るぐらい造作《ぞうさ》もなかったはずだ」

「ええ、その可能性もないわけじゃありません。しかし、じゃあ彼らはなぜこんなもののレプリカを残したんでしょう？　動機があったんです。何か、彼らマヤ人にとって、想像を絶する神秘的な体験の原因となった事件が。そこに、オーパーツを残した誰かがいたんですよ」

「なぜ足跡なんだ？　姿形でもいいじゃないか？　神聖文字にして残せばいい」

「実は、それもあります。いわゆる絵文字《コデックス》として、残されています。残念ながら、公《おおやけ》にはされていません。あるコレクターの手元にあります。マヤ文明の遺跡を初めて発見したスペイン人たちは、きっと古代にローマ人が渡来して、その影響を与えたのだろうと勘違いしました。だから、大量の遺物は、破壊されず、まずヨーロッパへ持ち帰られました。それらの中にあった絵文字の多くが散逸《さんいつ》と発見を繰り返し、散らばっていきました。私が発見したのは、ドレスデン王立図書館や、パリの怪しげなコレクターの間を転々としたものです。どちらかというと、宇宙人をイメージさせるイラストでした」

「宇宙人が、マヤ文明と接触したのかね？」

「宇宙人じゃありません。あくまでも、高度な知識を持った知的生命体、われわれはそうとしか考えてません。コマンダーはどうお考えなんですか？」

「その昔、この地域まで南下して来たマンモスの足跡を、その巨大さ故《ゆえ》にマヤ人が崇《あが》め奉《たてまつ》った……。兵士にはそう説明してある。君たちは、そんなことを暴《あば》いて、まあ真実を暴けるとも思わないが、どうするつもりだね？」

「学者にとって重要なのは、結論や結果じゃありません。真理です。この足跡の持ち主は、歴史の節目《ふしめ》節目にこのエリアに出没している。まるでフィールドワークしているみたいにね。できれば、接触を図《はか》りたいというのが願いです」

「彼は数百年に一度とか、そんな比率でしか現われないのに、どうやって接触できるんだね？」

「われわれの見るところ、今がその激動期だからです。馬に乗った白人が大陸に現われて以来の大事件ですよ。数世紀にわたって抑圧され続けたマヤの末裔《まつえい》がついに蜂起《ほうき》したんですから」

「そのミスターMが、われわれに力を貸してくれるのであれば、私も彼を神と崇めよう」

うだるような暑さの中、ゴンザレスは、スピッツパーグを促《うなが》して歩き始めた。

スピッツバーグに、道を覚えられないよう、キャンプまでだいぶ遠回りして帰らねばならなかった。

遠くで、獣《けもの》の遠吠《ぼ》えが聞こえた。

「くそ……」

ゴンザレスは、身体を低く屈《かが》めると、右手を小さく上げて、部下に警戒を呼びかけた。

「政府軍が、このごろ軍用犬を持ち込んだという情報がある。しばらく身を潜《ひそ》めていてくれ。こんなところで君が見つかったんじゃ、不幸にして、銃撃戦に巻き込まれたってことになるのがオチだ」

獣の遠吠えは、獲物に近づいたことを教える警戒のそれに変わっていた。

「近いな……。麻薬組織じゃないんですか？」

「連中は自ら自分の居場所を教えるような愚《おろ》かなことはしない」

ゴンザレスは、ＡＫ47ライフルを構えると、安全装置を外した。スピッツバーグは、巨大な蔓《つる》の陰に隠れた。犬の駆け足が、重たい空気の中を伝わってくる。枝を折り、草を跳ねて飛ぶように近づいて来る気配が解った。

突然、犬の悲鳴が上がった。誰かが、マチェトか、あるいは弓で迎え撃ったのだ。続いて、銃声が響いた。ダダッと連発しているところから、政府軍であることが解る。ゲリラには、連射できるようなよけいな弾薬はなかった。

また一頭突っ込んでくる。バシッと、弓矢が、何かに跳ねる音が響いた。

今度は、犬も賢かった。それ以上深入りせず、唸り声を発して、飼い主を呼び寄せようとしていた。

一〇分間、じっと息を潜めていたが、政府軍にも、ゲリラにも動きはなかった。犬の唸り声がずっと響いているだけだった。

ゴンザレスは、いつものことだという顔で近づいて来た。

「楽にしてくれ、博士。どうやら、陽《ひ》が落ちるまで粘《ねば》ることになりそうだ」

「陽が落ちたらどうなる？」

「ヘリコプターで援軍を呼び寄せるような余裕はないだろう。夜になれば、この地域を知り尽くしたわれわれのほうが有利になる。おとなしく引き揚げるさ。連中だって命は惜しい。こっちが、麻薬組織から援軍を呼ぶかもしれないからな」

「夜になったらどうする？」

「あまり動けないな。危険だ。断崖絶壁もあれば、沼もある。君が知らない遺跡に案内するよ。屋根がある。腰を下ろして休むといい」

「軍用犬はどのあたりに？」

「たぶん、五〇メートルは離れている。敵の歩兵は、それからまた五〇メートル背後だ」

「包囲されたらどうするんです？」

「されない。ここはわれわれの庭だ。そもそも、こんなところまで入って来ること自体、無理をしている。われわれは、銃を使わずに敵を殺せるんだ」

　スピッツバーグは、溜息を漏らすと足下を注意深くチェックした。ムカデ、ヤスデ、アリ、トカゲ……。ブーツで、ほんの一〇センチほど腐葉土《ふようど》を払いのけただけで、それだけの生物が這いずり出てきた。

　スピッツバーグは、それから陽が落ちるまでの三時間、腰を下ろすことなく、まんじりともせずに過ごした。

　恵まれた人質生活だったが、そうそう愉快なことばかりではないことも思い知らされた。

プランダラー・ポールは、陽が落ちる前にベース・キャンプに辿《たど》り着いた。

農作業用のトラックに分乗して町の酒場へと繰り出す部下たちと入れ替わり、ジープに乗ったスティーブン・ロライマ博士が現われた。

運転しているのは、現地人のディアス・カスコで、プランダラー・ポールが、ここへ乗り込んだとき、法外な報酬を提示してアシスタントに雇おうとした男だった。

残念なことに、カスコは誠実さが取り柄《え》の男で、その額を聞いた瞬間、麻薬絡みの仕事だと早とちりして断わったのだった。

ポールは、食べかけの焼きトウモロコシを誰かが連れて来た野良犬に放ると、デッキチェアから腰を上げ、客人を出迎えた。

「やあ、ディアス、子供たちは元気かい？　チョコレートがある。帰りに持って行くといい」

「ありがとうごぜぇやす、旦那《だんな》。村のもんも、旦那の探検隊が金を落としてくれるんで、喜んでまさぁ」

「ああ、この次は、ぜひあんたにも加わってほしいもんだね」

カスコは生返事で応じた。

「相変わらず、現地人との接触法はうまいですね、中佐」

ロライマ博士は、ジープを降りると、プランダラー・ポールとよそよそしい握手を交わした。

「中佐はよせ、博士。ここでは、ただの隊長だ。それに、私が中佐だったのはかれこれ一〇年近くも昔の話だ」

「れいによって、貴方の探検隊は、皆、軍の出身なんでしょう？」

「そうだ。よけいな神経を使わずにすむ。寄せ集めと違い統制も取りやすい。一杯付き合うか？」

「ええ、喜んで。テキーラを持参しましたよ」

二人は、斜めに傾《かし》いだテーブルを挟んで向き合い、傷だらけのプラスチックのコップに、テキーラをなみなみと注いで乾杯した。

「わが師にして、偉大なる盗掘王プランダラー・ポールに！」

「私の真似はするな。歴史に名を残せないぞ。頑固なアマンダ・リベアに。彼女の情熱に乾杯だ！」

二人はぐいと一気飲みした。

「会ったんですか？　彼女と」

「中南米で発掘作業をするのに、あの碩学《せきがく》を避けては通れない。誘ったよ。あたしがヒステリーを起こす前に、荷物を纏《まと》めて国境を越えろときた」

「そんな話、一言《ひとこと》もしませんでしたよ、僕には――」

「お前さんが来るとは意外だった。れいのブーツ探しはお遊びだとばっかり思っていた」

「親友が消えたんです。お遊びじゃすまない」

プランダラー・ポールは、右手を上げて宣誓のポーズを取った。

「私は無実だ。無関係だ。たぶんサパティスタ民族解放軍だろう。だいたい君らは不用心が過ぎる」

「貴方が、われわれと同じものを追っている可能性はないんでしょうね」

「博士、君とはお宝をめぐってずいぶんと危ない駆け引きもした」

「駆け引きですって⁉　夜中にスコップとシャベルを持ち込んで、われわれが刷毛《はけ》で土をなぞっている遺跡に乗り込み、ザックリとスコップを打ち込むことが駆け引きだなんて……」

「まあ、必要に迫られ、そういうことをやらないでもなかった。いいじゃないか？　あれは結局、マーケットに現われ、最終的には君の大学の収蔵品になったんだから」

「メキシコ政府がどうして貴方にビザを出すのか不思議ですよ。アマンダは、メキシコ政府が貴方に発掘許可を出すにあたり、発言権を行使できたはずですがね」

「われわれは、ビジネスの世界原則に従うまでだ。ちょいと媚薬《びやく》を嗅《か》がせれば、紙切れなんざ、何百枚でも出てくる。いつもあの娘のヒステリーが影響力を持っているわけじゃない」

ロライマ博士は、まるでピラミッドのように三メートルほどの高さに積み上げられたボンベの山に目を留めた。

「潜っているんですか？」

「ああ、今回は潜っている」

「量が多すぎやしませんか？」

「深いし、長い。途方もない長さだ」

ロライマは、ふと閃《ひらめ》いたように口を半開きにした。

「……ケリー・クックマン⁉　メキシコで消えた伝説のトレジャー・ハンター。洞窟湖の探検で行方不明になったという噂があった……」

プランダラー・ポールは、別に隠しもしなかった。

「遺骨を見つけたよ。水中で、たぶんバッテリー切れか何かのトラブルがあったんだろう。ボンベの近くで骸骨になっていた」

「沼ならともかく……、このあたりの洞窟湖が出来たのは、有史以前ですよ。マヤ文明が生まれる前には、もう水底《みなそこ》にあったはずです。沼地に潜るだけじゃだめなんですか？」

「君に講釈するのは面映《おもはゆ》いんだがね、先生。マヤやインカでは、乾季を地下水脈を利用することで乗り切った。水に浸《つ》かっているというのは問題じゃない」

「ケリー・クックマンが探していたのは、七世紀ごろの、マヤ文明でいえば、わりと若いころの財宝だという話を聞いたことがあります」

「だめだめ、博士。これ以上はノーコメントだ。だが、お互い探しているものが違う以上、協力はできる」

酔いが回ったのか、ロライマ博士は、首を振って、

「違う」とアピールした。

「僕が探しているのは、まず第一にスピッツバーグ博士です。第二に、ブーツ」

「そうすると、わりに合わないな。こちらとしては」

「貴方は自分が探しているものを部下にも説明していない。お相子《あいこ》じゃないですか。探しているものが解らないんじゃ、私は何に関して知識を提供すればいいのか判断できない」

「いいだろう、目的地だけ教えてやる」

プランダラー・ポールは、目つきを変えてロライマを睨《にら》むと、テキーラを一杯飲んだ。

「魔術師のアクロポリス……。俺が探しているのはそれだ」

ロライマは、それが自分が探しているものと同様に滑稽《こっけい》な代物《しろもの》だと解って、呆《あき》れた顔をした。

「貴方はもっと現実主義者だと思っていた」

「トレジャー・ハンターは、夢想家さ。そうじゃなきゃ務《つと》まらない」

「プランダラー・ポール！　僕が探しているのは、少なくとも現物がある。説明はつかないが。だが、あんたが探しているのは、とあるほら吹きな探検家が書いた日記一冊だけが頼りの、夢のお城だ。多くのトレジャー・ハンターが、最新の科学を使って乗り込んだが、答えは簡単だった。そんなものはどこにもない。魔術師のアクロポリスは、れいの偽書によれば、ピラミッドを超える巨大な構造物です。衛星からのリモート・センシングではっきり答えは出た。そんなものは存在しない。当時の金の産出量はだいたい推測がつくし、周辺の遺跡調査からも、このエリアに、伝えられるような黄金文化があった証拠はない。だいたい、それと洞窟がどう結び付くんです？」

「黄金の国を求めたマルコ・ポーロだって、最初は誰にも相手にしてもらえなかった。水脈を辿って行けば、必ず、当時の井戸に遭遇《そうぐう》する。かつて、マヤ人が、水を汲《く》み、生贄《いけにえ》の生首を投げ入れた井戸だ。そいつはもう、上からはどんな優秀なセンサーを使っても見えない。木の根が井戸の壁を突き破り、上から落ちてきた土や葉っぱが口を塞《ふさ》いでいる。だが、下の水脈には、髑髏の欠片《かけら》が山と積まれているはずだ」

「その水脈に、人間がボンベを背負って泳げるような空間があればね」

「そう。それは大きな問題だ。もっとも、通れなければ、爆破してでも進むがね。われわれは洞窟探検家じゃない」

ロライマは、大きく首を振った。

「中佐、マヤ文明に限らず、文明の興亡を左右した大きな要因に、環境があります。寒冷化、温暖化。そして、あらゆる文明に共通していること、それは水です。砂漠化や、他の要因による水涸《が》れが起こると、人々はその街を捨て、移動しました。マヤとて、同様のことです。地形は常に変化する。水脈だってそうです。未来永劫《えいごう》じゃない。それに、現代のリモート・センシング技術をもってすれば、地下水脈の痕跡、また現在生きている水脈もある程度推測はできるんです。衛星で、油脈を見つけるのと同じことです」

「そう。もちろん。その結果を受けて、私は潜っている。私が得た結論も、結局はケリー・クックマンが、民間伝承を元に探し当てた入り口と一緒だった」

「じゃあ、あとは簡単だ。ちょっと起伏のある、いかにも遺跡の痕跡らしい小山を見つけてアタックすればいいじゃないですか？　何もわざわざ危険を冒《おか》して、洞窟に潜る必要はない」

「ことはそう簡単にはいかない。私が今目星を付けているエリアには、平野部がまったくないんだ。地上の全部が遺跡に見える。こればかりは、上から探りようがない」

「僕はないほうに賭けますね。まず、マヤには翡翠《ひすい》の文化はあっても、われわれが期待するほどの黄金文化とは無縁だった。この一事でもって、魔術師のアクロポリスが、当時の探検家の単なる願望であったことは明らかです。このあたりには、渓谷《けいこく》もある。軍事的に守るのは容易《たやす》いが、移動がたいへんです。マヤは交易を盛んに行なっていた。不便すぎる」

「君らが知らない、別のマヤ文化があったとしたらどうだね？……」

プランダラー・ポールは、謎めいた笑みを浮かべた。

「別のマヤ文化？」

「そうだ。戦闘的でもなければ、狩猟よりも農耕尊重型の文明があったとしたら？」

「そんなことはあり得ません。もしそういう文化があったら、どこかで証拠が出ているはずです。それに、あの時代の気候変動では、農業のみでは暮らしていけなかったはずです。マヤ文明に空白地帯はない」

「まあいいさ。どのみち、私が探しているものと、君の目的は違う」

ロライマは、プランダラー・ポールの宝探しに、まったく興味を感じられずに、話を戻した。

「ゲリラは、どうして貴方を襲わないんですか？」

「用心している。さらに言うなら、君らはヘッドだけアメリカからやって来て、あとは現地スタッフだけですませている。そういうところは狙いやすい。三〇名のアメリカ人が誘拐されたら、大問題になるが、たかだか一人二人の誘拐では、アメリカ政府は憂慮するとのメッセージを出し、メキシコ政府は、人質救出に全力を尽くすとのコメントを出すだけですむ。実際には、たまに一人二人誘拐するほうが、ボディブローのように効いて効果は高い。何しろ、政府の討伐《とうばつ》に力が入らないからな」

「政府軍と付き合いがあるのなら、ひとつ骨を折ってもらえませんか?」

「ああ、話はしてみる。だが、もし犯人がサパティスタだったら、ゴンザレスは老練だぞ。そう簡単に尻尾《しっぽ》は見せない。俺は、そこのモロコシ畑から彼が一〇〇名のゲリラを引き連れてひょこっと姿を現わしても全然驚かないよ」

「貴方のほうが数枚上手《うわて》だ」

「ああ、ここがフロリダの演習場ならな。ここは奴の庭だ。他人の庭で、大きい顔をするのはごめんだね。俺だって命は惜しい。ましてや、俺たちがただのトレジャー・ハンターともなると、いつまでゴンザレスが見逃してくれるかも解ったものじゃない。指揮官としては、早く片づけたいんだ」

「いざとなったら、ゴンザレスと接触したいと思っています」

「やめておけ。君のことをもし向こうが知っていたら、疎《うと》ましく思うぞ。収奪するという意味から言えば、君も私も同類だ」

「名案を考えてくださいよ。何しろ、貴方しか頼る相手はいないんだ。ご協力次第で、これまでの非礼を帳消しにしてさしあげますよ」

「何を言うか。私はトレジャー・ハンターとしての心得《こころえ》を君に教育してやっているんだぞ」

二人は、テキーラを空《から》にしたところで、別れの握手をした。

お互い敵同士ではあったが、こと、獲物への執念という意味では、互いの才能を認め合う仲だった。

一ダースの板チョコを貰ったカスコは、山の向こうに落ちた太陽の名残を当てにジープを飛ばした。

「お知り合いとは意外ですね」

「プランダラー・ポールと？　まあ、知り合いと言っていいのかどうか。僕が知り合ったのは、軍を除隊する寸前でね。探検家だよ。トレジャー・ハンターという言葉は失礼かもしれないが。とにかく、秘境が好きなんだ。軍が未開地で行動を起こす時には、必ず彼の姿が先頭にあった。軍を辞《や》めてからは、闇の世界のコレクターの援助を受け、世界じゅうの文化遺産を掘り返すようになった。そりゃあもう、手当たり次第、お構いなくさ。まあ、たぶん協力が得られるだろう」

ロライマは、キャンプに引き揚げてから、アマンダに一言文句を言った。プランダラー・ポールと接触したことを黙っていられたのが、気にくわなかった。

もう少し互いを理解し合っているつもりだったが、アマンダは、ロライマを恋人としてよりも、メキシコの文化遺産を荒らしに来る一人のアメリカ人として見ている様子だった。

飛鳥が立てたフライトプランは、決して四〇〇〇フィート以下には降りないというものだった。

衛星写真と睨めっこしているうち、フロリダのベテラン連中が任務を嫌がる理由が解ったような気がした。起伏に富んだ山岳地帯が主戦場で、ほんの一瞬、気を抜いただけで、山腹へ激突だ。

いざという時の援護と救出のために、エクスプローラー戦闘ヘリを待機させた。以前は、ディフェンダリー・ヘリを空自の所属にして飛んでいたが、戦闘ヘリ行動の需要が高まり、ブルドッグ・チームの機体更新に合わせて陸自からの派遣となった。

エクスプローラー・ヘリコプターの機長として加わった友坂昭彦《ともさかあきひこ》一尉は、陸自から派遣されていた。

曹士候補生で第一空挺団に入り、そこからパイロット選抜試験を経《へ》て戦闘ヘリになった変わり者だった。

この任務のために、整備を兼ねる副操縦士も派遣されていた。こちらは、防大を出たての二尉さんだった。フロリダで訓練中のところを呼び出されたのだった。

「クリッパー・バレー……。そこが最大の難所になる」

離陸前、飛鳥は、ブリーフィングでそう告《つ》げた。

「ダグ、名前の由来を知っているかい？」

「何の？　クリッパーのですか？」

人質としてフライトに参加するCIAのダグは、知らん顔で首を振った。

「フロリダの第一六飛行隊に、ミラクル・クリッパーという愛称のスペクターがいた。今はいない。なぜかは知らないがね……」

「マジかいな……」

クルーが呻《うめ》くように呟《つぶや》いた。米軍では、パイロットが殉職すると、その名前を航空路の要所要所に名付けて、永遠に故人を偲《しの》ぶ習わしがある。

「一番幅が狭いところで三〇〇フィートもない。ダグ、賢明なパイロットはこんなところには近寄らない。われわれにはできることとできないことがある。残念ながら、飛行機にはまだまだ不可能なことのほうが多い」

時々、戦闘機が備《そな》えている戦力、ミサイルや、光学装置の性能を、その航空機のパワーと勘違いする連中がいる。情報関係者や政治家がいい例で、いかなる先進技術も、空気の層に抱かれて飛ぶ飛行機自体を、スーパーマンにすることはできないのだ。ほんの一瞬、翼《つばさ》から空気が剝離《はくり》すれば、その瞬間、飛行機は、自由落下するだけのただの金属の棺桶《かんおけ》になる。

「すみません。そういうことはあまり詳《くわ》しくなくて」

ダグが悪びれずに答えた。

「われわれの安全に関わることだ。すべてのインフォメーションが提供されることを望む」

「コース変更はご検討いただけましたね？」

「ああ、だが、何度も念を押しておくぞ。われわれは自衛用の武器しか搭載しない。今回は、テスト・フライトだ。それに、前線付近で、こんな大型兵器を利用したのでは、友軍を攻撃するのがオチだからな」

ブリーフィング直前になって、政府軍の掃討部隊が、サパティィスタ解放軍の小部隊と接触中で、援護を求めているというニュースが伝わってきた。

サパティィスタ解放軍と、麻薬集団は事実上一体であるようなことをダグは話していたが、飛鳥はもちろん、そんな話は露《つゆ》ほども信じてはいなかった。

ブルドッグに乗り込み、コクピットでしばらく闇に目を慣らす。エアコンの音が、文明の在《あ》り処《か》を教えてくれた。

「ゲリラを探すといっても、もう政府軍は包囲を解《と》いたんでしょう？」

副操縦士の歩巳麗子は、サングラスまで掛け、素早く暗闇に慣れようとしていた。

「この時間になって、ジャングルの中で睨み合っているのはどちらにとっても危険だ。もし人間が見えたら、それはゲリラってことになる。だから、軍を誤射する危険性はほとんどない。迷惑な話だ。利害関係がない日本人に汚れ役をやらせようというのなら、こっちは、努力はしたが効果を上げなかったという結果で答えるのみだ」

「友坂一尉って、どんな人なんですか？」

「習志野《ならしの》にいる陸の同期が教えてくれたんだ。木更津《きさらづ》に面白い奴がいるから使ってみろって。で、二、三度六本木《ろっぽんぎ》周辺で飲んだ。タクシーの捕まえ方がいかしてたんでな、こいつは使えると思った。タフガイでなきゃ困る。敵地で撃墜されても、二カ月ジャングルを歩いて帰還するぐらいのタフさがないとな。それに、エクスプローラーはいい出来だ。ブルドッグと、いいコンビネーションが組めるだろう」

滑走路の端に、たった二個、滑走路端であることを示す赤いランプが点《とも》された。離陸前チェックリストを片づけると、飛鳥はヘルメットの上から暗視ゴーグルを降ろした。

ブルドッグは、ほとんど未舗装の滑走路を、機体を軋《きし》ませながら離陸した。夜空には満天の星々が輝いていた。

3章　サパティスタ

政府軍を率《ひき》いるゴリ・ベラスケス中佐は、三個小隊をトラックに詰め込むと、道がなくなる場所まで突っ込ませた。

土地の出の兵士の勘《かん》だけではとてもここまでは来られない。ＧＰＳナビゲーターというおもちゃがあればこそできた無茶な行軍だった。

地上で使う分には、民間のレジャー用の商品ですら、二〇メートル以内の誤差で行動できる。

中佐は、歩きながらペンライトを口にくわえ、ボロボロの地図に光を当てた。

「小川があるだろう？　ここを抜けると、あと一時間で着くはずだ」

先頭を行くシェパードの荒い鼻息が聞こえてくる。

「無線はだめなのか⁉　中尉」

「さきほど試みました。山のこちら側ですので……」

副官のトニーナ・ペレンケ中尉が、後ろ五〇メートルほどから怒鳴《どな》り返した。

「中尉、急がせろ。解っているのか？　相手がゴンザレスなら、その首で人生を四、五回やり直せるほどの報奨金が出るんだぞ」

「はい、もちろんです。隊長！」

偵察部隊が対峙《たいじ》している相手が、ゴンザレスの本隊だと解ると、中佐はただちに部隊に行動を起こさせた。相手を刺激するヘリコプターは使わなかった。

前回、それで失敗した苦い経験があった。ヘリの爆音が響いた途端、敵は包囲網を突破して逃亡した。

今回は、こちらが引くと見せかけて、徐々に包囲網を狭《せば》めていくつもりだった。

ゴンザレスの首には、法外な額の賞金が懸《か》けてある。徴募兵にばら撒《ま》いても、充分お釣りがくる額だ。ゴンザレスの本隊追撃と聞いて、目の色を変える連中もいれば、怯《おび》える連中もいた。

だが、ベラスケス中佐は、怯える兵たちを、「われわれは、急速に学びつつある」と勇気づけた。

実際、彼らは学びつつあった。いつもゴンザレスに出し抜かれていたが、敵の幸運もそう長く続くはずもないというのが、皆の実感だった。

狩猟犬としても訓練されたシェパードが、獣道《けものみち》を見つけて走って行く。星明かりが木々に遮《さえぎ》られてまったく届かないので、足下《あしもと》は真っ暗だ。

今朝、偵察隊が通った道らしく、マチェトで下生《したば》えを払った痕跡があった。ゲリラの罠《わな》を恐れて、行きに使った道は、獣が慣らすまで帰りにも使わないというのが、政府軍の鉄則だったが、ゴンザレスが動けない今なら、安全のはずだった。

人間の気配に気付いて、夜行性の獣たちが嬌声《きょうせい》を発しながらジャングルの中を逃げて行く。

ベラスケス中佐は、五分おきに立ち止まり、ＧＰＳの数字を読んでコースを外れていないかをチェックした。二キロ手前で、部隊のスピードを落とし、稜線《りょうせん》で通信兵に先発隊との連絡をとらせた。

ベラスケス中佐は、メキシコ陸軍が送り込んだ、サパティスタ討伐の切り札だった。何しろ、彼もゴンザレスと同じマヤの末裔《まつえい》なのだから。

ゴンザレスと似たような経歴の持ち主だった。二人とも、アメリカの育英財団の援助を受けて学校に通《かよ》った。ゴンザレスはアメリカのコロンビア大学へ、ベラスケスは、陸軍士官学校《ウエスト・ポイント》へ。

ゴンザレスは、大学で民族主義を身に着《つ》けた。ベラスケスは、士官学校で国際政治を学んだ。それが、二人の行く末を分ける結果となった。

年齢は、ベラスケスのほうが一〇歳若かったが、二人は、過去何度も会ったことがある。毎年メキシコシティの高級ホテルで行なわれる育英財団の年次総会では、優秀学生として二人とも、ともに表彰された経歴を持つ。ゴンザレスが、サパティスタの資金提供者から、いよいよそのゲリラ活動に身を投じた時には、軍事部門の指揮官としてベラスケスに声をかけたぐらいだった。

二人が最後に会ったのはその時だった。

ベラスケスは、単刀直入に「独立してどうするんです？」と尋ねた。彼にとっては、素朴《そぼく》な疑問だった。

「国を造るさ。いけないかね？」

「独立してやっていけると思いますか？　故郷にあるのは、澱粉《でんぷん》工場ぐらいのものですよ」

「メキシコ人として、一生を終えるよりはいい」

「貴方は国際政治を知らない。周辺諸国の干渉を受け、あっという間に内戦の悲劇に見舞われるでしょう」

あの当時はまだ、冷戦のまっただ中だった。今なら考えないでもないが、あのころは、独立するなど馬鹿げているとしか思えなかった。

冷戦が終わった今も、ベラスケスのその考えは変わらなかった。

政府の重要指名手配の筆頭に、ゴンザレスの首があったが、サパティスタの暗殺リストの筆頭には、ベラスケスの名前が、民族の裏切り者として載《の》っていた。皮肉な巡《めぐ》り合わせだった。

部下の足並みが落ち、腰が低くなるのが解った。中佐は、獣道から外れた枯れ木の影で、ペレンケ中尉を呼んだ。ＧＰＳナビゲーターで、現在位置を確認する。

「あと、二〇〇メートルで偵察隊の後衛と接触する。われわれは西側からアプローチしているが、東側は渓谷地帯で逃げ場はない」

「ゴンザレスはいますかねぇ……」

「そろそろ動きだすだろう。連中は、われわれがこんなに早く辿《たど》り着けるとは考えていない。夜になって身動きがとれなくなったところを脱出する計画だろう。部隊を横へ散開させろ」

「れいの、アメリカ人が一緒だったらどうします？」

「ゴンザレスにとって足手まといになる。そうは思えない。だいたい、奴はなんでこんなところにのこのこ現われたんだ？　基地があるわけでもない。移動路からも外れている」

「新しい基地の建設とかでしょうか？」

「その可能性はあるし、麻薬組織との取引かもしれない」

「援護は来るんですか？」

「ああそうだ。肝心なことだ。ダグを呼び出せ」

中佐は、部隊を鶴翼《かくよく》に展開させながら、援護部隊が来るのを待った。いつものとおりの作戦だ。地上から政府軍が誘導し、米軍がそれを上から叩く。

メキシコ領内で、米軍が極秘裏《ごくひり》に展開し、麻薬組織を攻撃することのバーターが、サパティスタの掃討に協力するというものだった。

飛鳥は、頭にすっぽりとバーチャル・ゴーグルを被《かぶ》っていた。ＩＲＳＴの映像がゴーグルに映し出される。首を振ると、機首下のＩＲＳＴターレットが、飛鳥が覗《のぞ》いている方向に動き、それが捉《とら》えた映像を映し出した。

高度、傾斜、速度などの飛行情報が、ＨＵＤと同じように上書《うわが》きされる。

多少気分が悪くなる点を除いては、パイロットが必要とする情報すべてが、そのバーチャル・ゴーグルによって提供されていた。

右側に座る副操縦士の歩巳麗子は、通常の暗視ゴーグルを装着し、飛鳥のシステムがダウンした時に、いつでもレカバリーできる態勢にいた。

「一〇分が限度だな……」

「何が？」

「このゴーグルさ。人間工学にも限界はある。人間の視覚に関する生理学を無視はできない。今にも吐きそうだよ。一〇分掛けて二〇分休憩だ」

「しっかりしてくださいね。一〇人近い人間が乗っているんですから」

「ダグ、フロリダの連中はこれを掛けていたんだろう？」

「ええ」

ダグは、二人の背後の補助シートに座っていた。

「本国でも一機U型が夜間訓練中に墜《お》ちている。原因はこれか？」

「らしいですね。まだ特定されていませんが、あまりパイロットの評判はよくありません。空間識失調に陥《おちい》る危険性が高くなるそうです。でも、機能としては暗視ゴーグルなど足下にも及ばないはずです」

「ああ、それは認める。真昼のようにとは言わないまでも、薄暮程度での操縦感覚が得られる」

機体の真下に、大きな渓谷が一本走っていた。麻薬の栽培地《サンデーラバーズ》の中心エリアだった。

「連中はなんでこんな不便な場所で麻薬なんか扱うんだ？」

「不便だからこそですよ。まず、政府軍は空からは決して近寄れない。それに、マヤ文明に関するいろんな伝説が残るエリアです。住民もなかなか近寄らないし、そこで見聞きしたことは喋《しゃべ》りたがらない」

渓谷地帯は、最も深いところで一〇〇〇フィートの深さはあった。しかも、縦横《じゅうおう》に走っていた。一つの渓谷の特徴を覚えるなんてできそうにもなかった。

「これじゃ、ロバを使っても、町まで二日はかかる」

「ええ。逆もそうでして、こんなところで麻薬組織を見つけても、町に駐屯《ちゅうとん》する政府軍が駆けつけた時には、工場ごと移動した後です。だからこそ、空軍戦力が必要なんです」

センサー・オペレーター兼通信士の間島純《まじまじゅん》一曹が、ラダーを降りたキャビン区画から、インターカムで「ベースから衛星通信です」と告げた。

無線機の向こうにいるのは、コンバット・エクスプローラーのパイロットの友坂一尉だった。

「ブルドッグ、こちらはエクスプローラー、政府軍の指揮官が、ＣＩＡマンと話をさせろと言ってきてます」

飛鳥は無下《むげ》に拒否した。

「こちらブルドッグ、帰ってからにしろと伝えろ」

「はあ。そう言ったんですが、合衆国政府との協定で、無条件に、無制限に通信が確保される約束になっているとか……」

「だったら何だ？」

「なかなか紳士的な指揮官です。断わるよりは恩を売っといたほうがいいと思いまして」

「ああ、解った。中継してくれ」

ダグのヘッドセットに、衛星を介した無線が中継された。

飛鳥は、「モニターさせてもらうぞ」とダグに告げた。

「スペイン語で喋っても無駄だからな。俺は片言《かたこと》だが、副操縦士はペラペラだ。覚えておいてくれ。それから、フライトプランを外れるアルバイトはごめんだ」

「向こうはウエスト・ポイントの出身です。英語で喋りますよ。こちら、バッファロー、感度はどうか？」

「こちら、コヨーテ、メリット5、クリアだ……」

向こうは押し殺したような声で、作戦行動中であることが解った。

「ゴンザレスを追い詰めた。援護を請《こ》う」

「今、交戦中なのか？」

「いや、包囲している。私自身の手で」

「本当にゴンザレスなんですか？」

「間違いない。偵察部隊がばったり出くわしたんだ」

「ちょっと待ってください。すみませんがベースのほうに正確な位置と敵との相対関係を教えてください」

「了解。アウト――」

ダグは、ベルトを緩《ゆる》めて身を乗り出した。

「申《もう》し訳《わけ》ないですが、少佐……」

「ほら、きた……」

飛鳥は、操舵輪から一瞬両手を放して、抗議の意思をアピールした。

「ただのゲリラじゃない。サパティスタの領袖《りょうしゅう》のゴンザレスがいるんです」

「それはメキシコの問題であって、われわれの問題じゃない」

「少佐、われわれにはメキシコ政府との協定があるんです。われわれがこの地域で軍事力を行使する代わりに、サパティスタの掃討に協力するという見返りを約束しました」

「それはアメリカ政府とメキシコとのことだろう？」

「ですから……」

「ダグ、フライトプランは絶対だ。予定していない空域に近寄るのは危険が大きすぎる。パイロットは、ただ真正面を見て飛んでいるわけじゃない。フライトプランを元に、イメージを描いて飛んでいる。突然見知らぬ街の路地裏へ入ってくれと言われても、無理だ」

「少佐、少佐……、ゴンザレスは特別です。その存在が最後に確認されたのは半年前で、政府軍が駆けつけた時には、基地はもぬけの殻《から》だった。彼には今、アメリカの考古学者誘拐の嫌疑が掛けられています。ここで逃《のが》すのはいかにもまずい」

「われわれは朝まで飛べない。朝にならなきゃ、地上戦は無理だ」

「向こうにも考えがあるんでしょう。お願いします、少佐。もし成功すれば、国防総省の上のほうで、日本政府への感謝の念も生まれるでしょう」

「知ったことか……」

「機長、ここでもしわれわれが黙って引き返せば、今後麻薬組織の掃討《そうとう》に、政府軍の協力は一切《いっさい》得られなくなる。だいたい、フロリダの部隊が引き揚げたのに、無理して貴方がたに出撃してもらったのも、メキシコ政府の催促を受けてのことなんです」

「政府軍の協力は不可欠です」

歩巳が素《そ》っ気《け》なく告げると、飛鳥は、首を振って呆《あき》れた様子を示した。

「役人って奴はいつもこうだからよ……。ダグ、この貸しは高くつくぞ」

「ありがとうございます。少佐」

飛鳥は、やむなくフライトプランの変更に取りかかった。

スピッツバーグが、竹筒に入れた水を一杯飲んでいると、ゴンザレスが暗闇から現われて、「囲まれたかもしれない」と告げた。

ジャングルの夜は、予想していたより暗かった。すっかり文明生活に慣らされたスピッツバーグは、腕をいっぱいに伸ばしても、辛《かろ》うじて指先を確認できるぐらいだった。

「数はたいしたことないんでしょう？」

「いや、たぶん援軍を呼んだんだと思う。どうやって、こんなに早く駆けつけられたのか。ひょっとしたら、付近で訓練でもしていたのかもしれない」

「政府軍のスパイでもいるんじゃないですか？」

「そりゃあスパイはいるさ。向こうにもこちらのスパイはいるんだからね。渓谷地帯へ降りよう」

「その遺跡へは辿り着けるんですか？」

「ああ、どのみち降りて登らなきゃならない。政府軍は、切り立った崖《がけ》を、誰も登り降りはできないと思っているだろうが、道はどこにでもあるものさ。出かけるとしよう」

「そんなこと言ったって、僕は前が見えませんよ」

「大丈夫、気配を頼りに歩きたまえ。文明人とて、森で暮らしていたころの本能までは失っていないはずだ」

「無理ですよ」

「じゃあ、兵に煙草《たばこ》の火を持たせよう。転んでも声を立てないでくれよ。私はしんがりを務めて離脱する」

　スピッツバーグは、棒のように硬直した足を騙《だま》して、腰を低く歩きだした。

ゴンザレスは、脱出する前に、トラップを仕掛ける作業に戻った。

頭上に、飛行機のエンジン音が聞こえていた。ゴンザレスは、離脱を早めねばと作業を急がせた。

飛鳥は、通常の暗視ゴーグルを装着して、小高い丘に接近した。ダグが、付近の簡単な地図を描き、敵味方の位置関係を描《か》き込んだ。

またしても真ん中に渓谷が一本走っていた。深さはさほどない。二〇〇フィートかそこいらだ。だが、幅が狭かった。五〇メートルあるかないかだった。

「あの底から攻撃されたんじゃアウトだぞ……」

「吊《つ》り橋が一本見えます」

「あれ、墜《お》としたんじゃまずいんだろうな」

「心配ありません。もしあの橋を使って撤退するのであれば、すぐ解る。付近にも、回り込んだ兵は潜《ひそ》んでいるはずです」

「そうであることを望むが……、何か見えたぞ。崖の窪《くぼ》みを何か蠢《うごめ》いている」

「戻ってください。確認しましょう」

「ゆっくり、ゆっくりだ……」

飛鳥はトラック周回の要領で、三六〇度ターンを打った。渓谷の曲がり具合を何度もイメージした。

「ダグ、俺のバーチャル・ゴーグルを着けろ。間島、ＩＲＳＴの動作をそちらでオーバーライドしてコントロールしろ。映像も撮っておけよ。俺は操縦に専念する」

「了解」

照準用の左翼リア・ウインドーのＨＵＤを起こす。機体をゆっくり傾けさせた。

「コーパイは高度喪失に注意しろ」

機体が傾くと、少しずつ揚力を失い、最後には失速墜落する。

ダグは、バックシートに掛けたまま、バーチャル・ゴーグルを装着し、左側を見た。

機体がどんどん左翼へ傾いていく。

「見えています。渓谷が見えます。わずかに川が流れているみたいですね。橋に注意してください」

「そんなには降りないよ」

さっき、飛鳥が何かを見たと思った箇所を通過した。山側に、大きなクレバスがあった。動物を見たんだろうかと思った。飛鳥は、ただちに機体を水平に戻した。

「どうも……、何も見えないみたいですね」

「どうだ？　間島」

「待ってください……」

センサーオペレーターで、静止画像データを拡大し、怪しい箇所をクローズアップしてゆく。サーモ・フィルターを掛けると一発だった。

「います！　人間です。それも複数、えぇーと、五、六名いるみたいです」

「下にいるコヨーテを呼び出してくれ！」

ベラスケス中佐は、頼もしい羽音を聞いてほっと胸をなで下ろした。これで、少なくとも負けはなくなった。

「バッファロー、こちらコヨーテ。頼もしい羽音だ」

「コヨーテ、敵は渓谷を横断するつもりだ。クレバス部分から、谷底へ降りようとしている」

「あんな急なところをこんな夜中にかい？　吊り橋から遠いんだな？　向こうにはほんの二名しか置いていない」

「吊り橋から三〇〇メートルは手前だ。一気に包囲を狭めたほうがいい」

「それは無理だ。敵はそこいらじゅうにブービー・トラップを仕掛けた後で、夜明けまでは前進はできない。そっちで敵の頭を抑えてくれ」

「了解、やってみるが、何しろ狭い。あまり効果はないと思ってくれ」

モニターしていた飛鳥が、「悪化する状況は誰にも止められない。マーフィの法則って奴だな」と呟いた。

「お願いします、少佐」

「青木《あおき》、どのくらい弾《たま》を積んでいるんだ？」

「一〇五ミリ榴弾《りゅうだん》砲を二パック一〇本と、二五ミリ機関砲弾を少々、四〇ミリ砲弾とロケット弾はありませんから」

三名の武器員を纏《まと》める青木琢磨《たくま》一曹が後部兵器キャビンから答えた。

「了解、まず一〇五ミリ砲で敵の動きを封じる。攻撃準備」

「了解」

飛鳥は、再び大きな周回コースに乗った。

「クレバスの上のほうを攻撃すれば、攻撃の衝撃で、上から岩が落ちるはずだ」

HUD上で一〇五ミリ主砲を選択し、安全装置を解除する。装塡《そうてん》が自動化されたせいで、一〇五ミリ砲の武器員は、だいぶ楽になった。もちろん、それだけ次発発射までのスピードが短縮化された。

「よーし、行くぞ！　コーパイは高度喪失に注意しろ」

飛鳥は、しつこいほどに高度喪失への警戒を命じた。数十秒にわたって地面を凝視していると、時々高度の感覚を失うことがあった。

渓谷上空へ進入し、再び機体を倒す。

「いくぞ……」

飛鳥は、狙いをつけながら、ほんのわずか、目標手前で撃《う》った。一〇五ミリ榴弾砲は、クレバスの手前二〇メートルほど、崖の縁《ふち》から五メートルほど下で炸裂《さくれつ》した。ダグが「お見事！」と誉《ほ》めたが、彼に見えていないのは明らかだった。

「なんで外したのよ……」

歩巳が小声で呟《つぶや》いた。

「他国の紛争に介入するのはごめんだ。国連軍ならともかく」

「そういつまでも通用しませんよ」

「いいってことよ」

撃った側は外したつもりだったが、撃たれた側には、とてもそうは思えなかった。クレバスの崖にへばりついていたスピッツバーグは、まず、砲撃の振動で、一瞬身体が宙に浮いたような気がした。最初は爆撃されたんじゃないかと思った。恐怖が押し寄せてくる。頭上からは、石ころと埃《ほこり》が襲ってくる。

足がガクガク震えた。

「降りろ！　スピッツバーグ」

上からゴンザレスの怒鳴《どな》り声が聞こえる。だが、さっきまで見えていた足下も、埃のせいで真っ暗だった。

「足下が見えないんだ！」

「一〇五ミリ砲弾の直撃を喰らうよりはましだ！　とっとと降りろ」

スピッツパーグは、急《せ》かされ、ようやく足を踏み出した。地上まで、まだ二〇メートル以上はあった。


飛鳥は、もう一周し、今度は、もう一〇メートルクレバス寄りに一〇五ミリ榴弾砲をお見舞いした。崖にへばりついていた兵士が、谷底へ転がり墜ちて行くのが解った。

「やっちまったよ……」

「だいたい彼ら、メキシコシティでは、やりたい放題のテロをやっているんですよ。同情する必要なんか……」

「そうは言ってもさ……」

「少佐、河原にゲリラが降りたみたいです。連中の足を止めてください」

「無理だ、幅が狭すぎる。こいつで攻撃するなら、ロールを打たなきゃならない」

「フロリダの連中はやりましたよ」

「あいにく、連中ほどの腕は持っちゃいない」

「とにかく、威嚇《いかく》でいいですから――」

突然、暗視照明下のコクピット・パネルが一瞬パッと瞬《またた》き、次の瞬間ダウンした。

「どうした？　雷《かみなり》か⁉」

「解りません……」

ＨＵＤに表示される飛行情報が、てんでバラバラな数字を表示し始めた。

「機内電圧、不安定です！」

機付き整備士長兼機関士の沼田《ぬまた》章一《しょういち》曹が報告する。

「油圧は大丈夫だな？」

「はい。今のところは」

「フライバイワイヤーだけでも維持させろ」

フライバイワイヤーによる操縦を喪失すると、油圧操作で機体を操《あやつ》らねばならない。パワステが突然切れるようなもので、コントロールはできるが、センスを取り戻すのに時間が必要だった。

後方警戒装置が突然けたたましいアラームを発した。

「何だって⁉」

飛鳥は右翼へ機体を傾けながら、スロットルをいっぱいに開放し、急上昇に移った。危険な時に頼りになるのは、唯一《ゆいいつ》高度だけだ。

「後ろを見ろ！　後ろを！」

「後ろをって言っても、ルームミラーがあるわけじゃないんですから……」

飛鳥は、今度は左へ切り返した。

「センサー・ステーション、後ろから何か来ます」

「何かとは何だ⁉」

「飛行物体です。でもミサイルじゃありません。加速が――」

まるで太陽が地上を照らすかのように、地面が明るく輝いていく。

「何の冗談だ……」

何か光の塊《かたまり》が機体を追尾しているようだった。前方の地上に、ブルドッグの影が浮かび上がる。その光は、ブルドッグの真上後方にいた。

飛鳥は、何か漠然《ばくぜん》とした不安を感じ始めた。こんなことは初めてだった。何か、圧倒的な力に支配されているような感覚だった。

飛鳥は、突然回避運動を止《や》め、水平飛行に戻った。

「何をするつもり⁉」

「何もしない。敵意がないことを向こうに示す」

地上に映し出されたブルドッグの影がだんだん大きくなる。

「さて、宇宙人でも出てくるかな……」

だが、その光は、一瞬ブルドッグの機体を突き抜けたかと思うと、次の瞬間には、まるでなにごともなかったかのように、消え失せていた。ほんの一分余りのことだった。

　あたりは、再び元の静寂に戻っていた。

「各ステーション、状況を報告せよ」

「こちら攻撃ステーション、異常なし」

「センサー・ステーション。異常ありません。センサーで探る限りは、ＵＦＯは消えました」

「こちら機関部。電圧、正常に戻りつつあります」

「了解、操縦系統は正常だ。これより帰投する。それでいいな？　ダグ」

「もちろんです。機体にトラブルが発生したことにしましょう」

　飛鳥は、位置を確かめ、帰投コースに乗った。あの未確認飛行物体の、何らかの意思を感じ取ったような気がした。


　スピッツバーグは、膝下までの水が流れる川を渡り、河原をひたすら川下へと走った。政府軍がブービー・トラップに惑《まど》わされて進軍を躊躇《ためら》っている間、少しでも遠くへ逃げねばならなかった。

「下を歩けば大丈夫だ。あの攻撃機は、こんな狭いところでは攻撃できない」

　ゴンザレスは、墜ちてきた石で肩を負傷した兵士を抱えて歩きながら言った。

一名失っていたが、ゴンザレスは淡々としたものだった。

「信じていいんでしょうね？」

「攻撃するには狭すぎる」

微《かす》かな星明かりのおかげで、一〇メートルぐらいの視界があった。

「こっちの台地は、わりとなだらかだ。ところどころ麻薬組織が芥子《けし》やコカの栽培地に使っているがね。高度が低いので、さほど良質のものは採《と》れないようだ」

「それでいいんですか？」

「博士、戦い方を云々《うんぬん》するほどわれわれは恵まれていない。そんなのは貴族の論理だよ。ここから産出したヘロインやコカインがアメリカへどんどん流入して、アメリカ国民の少しでも多くが、われわれの存在に気づいてくれればいいと思う。こんな小さな民族の戦いに注目してくれるというのであれば、私は手段は問わない」

台地への入り口は、階段状に整備されていた。降りる時よりは何倍もましだった。

スピッツバーグは、息を切らせながら、ただひたすら登った。

「政府軍がここを登ってくる恐れはないんですか？」

「昼間ならあるかもしれないが、夜はない。ルートが限られている。上に出たら、あとはほんの二〇分歩くだけだ。そこで休めるよ」

崖を登りきると、そこはまた漆黒《しっこく》の闇が支配するジャングルだった。

飛鳥は、疲れきった身体を騙《だま》して、滑走路にブルドッグを着陸させた。しばらくはぐうの音《ね》も出なかった。

「とにかく……、無事に帰還できたのは何よりです」

ダグがぽつりと呟いた。

「照明弾を一〇〇本一緒に焚《た》かなきゃ、とてもあんな明るさは作れないよ。それにこっちはマックス・スピードの八五パーは出ていたんだ。普通の飛行機が、後ろから追《つい》尾《び》して、オーバーシュートせずに、あんなにピタリと止まれるわけがない」

「何なんでしょうね……」

「赤外線警戒装置にヒットした。熱エネルギーを持っていることは間違いない。それが解っただけでも収穫だ。何らかの意思を持っている。しいて言えば、ゲリラを攻撃するわれわれへの警告だったんだ」

「まさか……。あんなUFOがゲリラを応援しているんなら、独立どころか、今ごろメキシコ政府は倒れていますよ。それに、連中は政府軍は襲わないんですから。われわれだけに警告を与える理由がない」

「突撃銃しか持たない彼らと違って、われわれは強力だからな。当分、ゲリラの掃討はしない。フロリダの連中も、うっかりゲリラに手を出して、奴《や》に殺られたんだろう。

俺は誰かと戦って死ぬことには抵抗はないが、相手がUFOなんてのはごめんだ。ハンディが大きすぎる」

飛鳥は、機体を降りると、しばらく東の空を見つめていた。なにごともなかったかのように、静かな星空が広がっていた。

絶対に自然現象じゃない。昨夜の、最初の接近は、きっと偵察だったのだ。そして今夜の接近は警告、この次は、きっと攻撃して来るに違いないと思った。


ゴンザレスは、警戒の兵士を配置したところで、スピッツバーグを空間の中心に立たせると、松明《たいまつ》に火を点《つ》けさせた。

鐘楼《しょうろう》のような、石造りの壁が浮かび上がった。アーチ型の窓を持った、三階建ての宮殿だった。

「いつごろ発見を?」

「一〇年少し前だ。私がこの闘争に参加してからだな。西の塔と呼んでいる。この台地で、一番西側にある」

「いわゆる宮殿の一種だと思いますが、こんなに高いのに、どうして今まで発見されなかったんです?」

「背後に、三〇メートルを超える大木が何本も聳《そび》えている。上からも遠くからも見えないよ。各階の床が抜けていたんだが、夜露《よつゆ》をしのげる程度に修復した。われわれが使ったり、麻薬組織が使ったりだ」

「何か、出土品はありましたか？」

「今のところない。われわれの組織にも考古学者が必要だとは常々思っていたんだが、人材がいなくてね、ただ、地元の農民は古くから知っていたようだ。もしあったとしても、盗掘されたあとだろう」

スピッツバーグは、足下が比較的硬いことに気付いて、ブーツのつま先で地面の枯れ葉や蔓《つる》を払った。

「石畳《いしだたみ》です。だいぶ広いですね」

「ああ、たぶん、中庭だと思う。両サイドにも、住居の痕跡があるからね」

「神聖文字の類《たぐい》は？」

「ある。町の暮らしを描いたものがほとんどで、私がよそで見慣れているものとはちょっと違うようだ」

「というと？」

「平和的だ。柔和《にゅうわ》な顔に、柔和な風景画のようなものがある。普通の神聖文字のように、闘争だとか、獣だとかをモチーフとしていない。どちらかというと、農耕民族をイメージさせる。君が探しているものもあるよ」

ゴンザレスは、松明を持って宮殿の中に入った。足下はそこそこ掃除され、木で組んだベッドが、二〇余り壁に立て掛けてあった。

ブーツの足跡は、その部屋の内壁にあった。

スピッツバーグは、松明を受け取り、ルーペを取り出し、床に近い場所にはめ込まれたブーツの石板を観察した。

「これは……。レプリカですね。石灰板のレプリカです」

「部屋の四隅に、同じものが埋め込まれている」

「おそらく、魔除《まよ》けのような意味でしょう。ここでは、ミラージュの男は、畏怖《いふ》の対象であったと同時に、守り神の性格も持っていたらしい。コマンダー、時間が必要です。調査する時間が」

「政府軍に追われている。明日の朝、一時間、時間を取ろう」

スピッツバーグは、それから二時間、松明を持って周囲を走り回った。憑《つ》かれたようにスケッチを取り、メモを取った。

一方の追う側にいるベラスケス中佐は、夜間の追撃を断念し、睨み合っていたエリアを大回りしてから、ビバーク・ポイントを見つけて、兵を休ませた。

突然攻撃を止《や》めて引き揚《あ》げた攻撃機とは、ダグが基地に帰るまで連絡がつかなかった。

　ベラスケスは、無線機のマイクにまくし立てた。

「あと一歩だったのに……」

「奴が現われたんです。もう少しで墜落するところだった」

「奴？　帰って来たのか⁉　まるで、ＣＩＡと行動をともにしているようだな」

「冗談は止《よ》してください」

「昼間動けないのか？」

「検討してみますよ」

「われわれは、明日もこのエリアに留《とど》まり、ゴンザレスを追撃する。上空からの援護と、偵察の援助を求める。まずは食料を投下してくれ。食い物がない。正式な要請だぞ、ダグ」

「ええ、ええ。解っていますよ」

「それから、アメリカの学者が入っているだろう。協力を求めてくれ」

「何のです？」

「敵が逃げ込んだエリアには、いろいろとよからぬ噂がある。考古学者の援護を得て、敵が潜んでいる場所を探し出してくれ。たぶん、昔の遺跡をベースに動き回っているはずだ」

「話だけはしてみましょう」

ベラスケスは、ハンモックに横になりながら、「中尉」と呼びかけた。

「あの輝く物体が現われたそうだ。心しておけ。われわれもいつ襲われるか解らない」

「本当ですか？」

ペレンケ中尉は、ことのほかＵＦＯを恐れていた。彼は、宇宙人ではなく、マヤの守護神説をとっていた。

「隊長、あれはわれわれに敵意を抱いています」

「そんなことはない。われわれは、一度も奴から攻撃を受けていない。敵対的な接触も受けていない」

「そんなこと言ったたって、現に米軍機は撃墜されたじゃないですか？」

「へまをやったのさ。あのＵＦＯがマヤの守護神だとしたら、どうしてマヤ文明は滅《ほろ》びたんだ？　簡単なことだ。何らかの意思を持っているとしても、われわれに敵対するものじゃない。兵によけいなことを吹き込むな。ＵＦＯとは友達だって顔をしていろ」

「はあ……」

ベラスケス中佐は、それだけ言うと眠りに就《つ》き、熟睡した。

スピッツパーグは、ほとんど一睡《いっすい》もできなかった。夜が白み始める一時間も前から行動を起こし、観察を始めた。

中庭の枯れ葉を払い、倒れた神聖文字のポールに這《は》う蔓《つる》を引きちぎり、積極的にスケッチした。

ゴンザレスは、朝飯の用意を命じてから、眠たい顔で出てきた。

「兵がぶつぶつ言っているよ。煩《うるさ》いって……」

スピッツバーグは、ジャングルの中へ消えている中庭の敷石を観察していた。

「コマンダー、これは中庭じゃない。ジャングルの向こうへ、まだこの石畳はずっと続いています。方位は、ほぼ真東へです。当時の道路ですよ。幅が一〇メートルもある。この向こうにも遺跡が？」

「ああ、小さいものはいくつかある。だが、君らが期待するような巨大なものはない。一〇メートルもの幅を必要とするような宮殿はないはずだ」

「コマンダー、兵を借りて、北側の崩壊した家屋の石やゴミを撤去させてください。この宮殿には、地下室があります。たぶん、まだ荒らされていない」

「どうしてそう思えるんだね？」

「まず、この北側の建物は、おそらく下級兵士の詰め所か何かだったはずです。人為的な手によって崩されています。南側のそれは自然崩壊で、おそらく、一〇〇年ぐらい前でしょう。北側のそれはもっと古い。たぶん、遅くとも九世紀ごろ破壊されました。おそらく部族紛争か何かで、ここを捨てる必要に迫られたんでしょう。地下室があるというのはですね、ここの宮殿の一階部分のフロアが、ちょっと外側より位置が高いんです。宮殿自体も、ちょっと盛り土がしてあります。水が出た時に、地下室を守るためでしょう。そして、この北側の建物を崩したのは、入り口がこちらから延びているのを急いで隠したせいだと思います」

「もし財宝や、考古学的価値のあるものがあっても、持ち出せなければ、政府軍の手に落ちるだけだ」

「そうですが……、でも麻薬組織に持ち出される危険もある。プランダラー・ポールはご存じでしょう? 彼が麻薬組織と手を組んだら、こんなもの、あっという間に見つけ出しますよ」

「そう来るか……」

ゴンザレスは、あきれた奴だと小声で笑った。

「いいだろう。今ここで持ち出しても、考古学的検証はできないが、われわれの資金源にはなる」

「どんなガラクタが出てきても、全部ＵＣＬＡが買えます」

ゴンザレスは、ただちに作業を命じた。人海戦術で、まず崩壊現場の木を切り払い、建築資材として使われたはずの平板な石を次々と除《よ》けていく。高さ二メートルほどに積み上げられていた。

「かなり急な移動だったみたいですね。カムフラージュが雑だ」

スピッツバーグは、石ころでもって、露出した床をこつこつと叩き始めた。宮殿側で響きが変わり、空間があることを窺《うかが》わせた。

数本の木を削り、敷石の隙間《すきま》に突っ込み、てこの原理で持ち上げる。一枚持ち上げると、その下に、雑に投げ込まれた石ころの塊が見えた。

スピッツバーグは、右足でもって、その石を上から思い切り踏みつけた。ガラガラと音が響き、石が沈んでいく。

「隙間を稼《かせ》ぐために、丸太や枝で埋めてあるんです。時間が経《た》てば腐《くさ》って空間が出来る」

「どこでそんな荒っぽいやり口を覚えたんだね？」

「プランダラー・ポールのようなあくどい略奪《りゃくだつ》者と競い合っていると、たまに、現場保存より、出土品の保護を優先しなければならないことがありましてね。松明をください」

スピッツバーグは、松明を手に取ると、石造りの階段を降り始めた。地下室は、天井が低く、一五〇センチもなかった。部屋に入ると、床に神聖文字の石板が置かれていた。

じめっとした感じで、空気が淀《よど》み、黴《かび》の臭いがしていた。

「残念、宝物はなかったか……」

ゴンザレスが呟いた。

「宝物ですよ、これは……」

スピッツバーグは、一メートルほどの高さの石板を手に取った。肖像画だった。ヘルメットを被《かぶ》った人間型の肖像だった。姿は斜《なな》めに描かれ、顔だけ真横から描かれている。

「なんだこいつは……」

「宇宙服を背負《せお》い、ヘルメットを被った宇宙人。たぶん、ミラージュの男でしょう。イチジクの樹皮に描かれた絵文字を見たことはありますが、石板のものを見たのは初めてです」

「宇宙人なのかね？」

「この絵を見る限りは、人間ですね」

スピッツバーグは、他の石板も観察した。

「すべて、この人物に関する記録です。彼らが、この人物と会話を交わしたようなことが書いてあります。どうやら、何らかの文化的影響を受けた様子ですね」

「どうする、持ち出すかね？」

「ええ、ほんの一〇枚です。どこかに隠すだけでいい。あの米軍の攻撃機に発見されて情《なさ》け容赦《ようしゃ》ない攻撃を受けたらひとたまりもないですからね、ほんの一〇〇メートルでいいですから、移動して隠してください」

「解った」

スピッツバーグは、兵が石板を担《かつ》いで移動する間も、スケッチをとった。ゴンザレスは、石板を隠し終わると、追跡をまくために、右へ左へとコースをとった。しかし、ほとんど真東へと進み続けた。

ロライマ博士は、ひどい二日酔いの中で起こされた。テント脇のテーブルでミネラル・ウォーターをがぶ飲みしているところに、ジープでの訪問を受けた。

ダグは、険しい顔のアマンダと二言《ふたこと》三言《みこと》会話を交わした後、ロライマに右手を差し伸べて握手した。

「昨日はだいぶ飲んだみたいだね、博士」

「プランダラー・ポールのご友人ですか？」

「まあ、そうでもあり、そうでもない。ダグ・ロシュフォードと言います。政府の人間です。あまり、ここにいることを公《おおやけ》にしたくない立場の者です」

「CIAって、はっきり言えばいいじゃないの？」

アマンダが冷たく言った。

「アマンダさん。貴方とは、誤解を解いてもらうために一度じっくり話し合う必要を感じますが、あいにく時間がありませんでね、ただひとつ。われわれがここでやっていることは、麻薬組織の掃討です」

「農業技術を伝えて、地域振興を図《はか》ることのほうが遥かに効果があるわ。爆弾を落として畑を焼き払うより」

「ま、いいでしょう。座っていいかな？」

「どうぞ。でも、話は簡単にお願いします。まともに頭が回らないので」

「政府軍のベラスケス中佐が、貴方の協力を求めています」

「どういう理由でですか？」

「サパティスタを率いるゴンザレス司令官が、半年ぶりに姿を現わし、それを政府軍が追っているんですが、どうもジャングルの深いエリアに入ったらしい。サパティスタは、遺跡を仮の宿として使うことがあるのはご存じでしょう？　だから、貴方のアドバイスが欲しいという話です」

「申し訳ないですが、私は学者としてここに入っています。民族紛争に首を突っ込むわけにはいかない。問題外です」

「その……、たぶんスピッツバーグ博士も、ゴンザレス司令官とともに行動していま
す。人質として」
「本当ですか⁉」
だらけた態度で聞いていたロライマは、一瞬飛び起きた。
「ええ。連中が誘拐したのは間違いないらしい。それで、半年ぶりにゴンザレスが姿
を現わした理由となると、たぶん、その人質を連れて逃げ回っているとしか考えられ
ない」
「あり得ないことだわ」
アマンダが否定した。
「ゴンザレスは慎重な人間です。人質を連れて逃げ回るなんて危険は冒《おか》さないわ」
「じゃあ、そもそもなぜ彼は人質を取るなんていう危険なことをしたんです？」
「それは、私たちの存在が気に入らなかったからでしょう。あるいは、ゲリラ部隊へ
猛攻撃を繰り返す、貴方がたへの警告として、私たちがとばっちりを受けたのかもし
れない」
「ま、それはいいとしましょう。とにかく、彼らの本拠地が、あのあたりにあること
は確かなんです」
「あのあたりって？」

「貴方がたが発見したあのデルタ遺跡から見ると、ちょうど地平線上ぐらいになります。七〇キロほど東の渓谷地帯です」

「神々の寝所のあたり?」

「ええと……、マヤ文明には詳しくないのですが……」

ダグが聞いたこともない地名だった。

「アマンダ、地図を持って来てくれ。土地の伝説です。神々の寝所だから、何人《なんぴと》も足を踏み入れてはならないという言い伝えがあります」

以前、ベラスケス中佐から、そういう禁断の地があるようなことを聞いたことを、ようやく思い出した。アマンダが、衛星写真を持ってきてテーブルに広げた。

「われわれがいるところがここ……。で、渓谷があるはずですけれど……」

「神々の寝所はこの台地です」

ロライマが、頭を押さえながら指さした。

「ああ、解った解った。確かにここです。昨日交戦があったのは、この西側の山の中腹です。で、サパティスタはこの渓谷を抜け、こちらの台地に逃げ込みました。麻薬原料の栽培地としては、一番南のほうですね」

「私が政府軍と行動をともにするということは、サパティスタを敵に回すということです」

「ゴンザレスの首さえ取れば、明日にもサパティスタは崩壊する。そうなれば、貴方がたはもっと広範囲に発掘活動ができる」

「なんてことを……」

アマンダが厳《きび》しい視線でダグを睨《にら》んだ。

「ちょっと、時間をくださいませんか？　アマンダの意見も聞かないと」

「いいでしょう。われわれは、政府軍に補給物資を届けるために、昼ごろ輸送機で離陸します。地形を上から観察して、意見をいただきたい。お待ちしていますから」

ダグは、ロライマがどう出るかをとっくに見越して、満足した顔で帰って行った。

「図々《ずうずう》しいにもほどがあるわ」

「スピッツバーグを救出できるかもしれない。少なくとも、政府軍が、無理にサパティスタを攻撃しようとしたら、止めさせることができる」

「本気でそんなことを考えているの？」

「神々の寝所は、危険すぎて僕らは一度も入っていない。もし政府軍と行動できるとしたらチャンスだ。サパティスタがおとなしくしてくれているといったって、あそこは麻薬組織の支配エリアで、とうてい近寄れないんだから、こんなチャンスは二度とないぞ」

「勝手にしてくださいな。でも、それでもしスピッツバーグ博士も救出できずに、サパティスタの恨《うら》みを買うだけだったら、この発掘調査は永遠に終わりなのよ。それを覚えておいてちょうだい」

ロライマ博士は、すぐ身支度《みじたく》を始めた。後先《あとさき》のことを考えないのは、彼の悪い癖《くせ》だった。

4章　ゾノット

ブルドッグ・チームは、四時間ほどの睡眠を取ることができた。

夜が明けると、政府軍《は》のトラックが、五〇〇キロほどの食料を持って来た。トウモロコシの粉や黴《かび》の生えたパンが中心で、軍といえども、このあたりの貧しさと無縁ではないことが窺《うかが》えた。

飛鳥らは、管制塔で、投下ポイントを検討していた。

「エクスプローラーで充分運べるんだけどなぁ。友坂さんよ、飛んでみるかい？」

「いいっすよ。充分降りられる幅の渓谷です」

「ゲリラと麻薬組織の制圧エリアです。エクスプローラーはあくまでもサポート役なんですから、ブルドッグで出ます」

歩巳がにべもなく決定を下した。

「役人てなあ情け《なさ》容赦ないもんなあ……」

歩巳は、きっと眉《まゆ》を吊り上げた。

「だいたい！　昨夜貴方がきちんと攻撃してゲリラの足を止めていれば、今ごろ片づいていることなんですよ」

「ゲリラっていうけどさ、独立闘争の戦士たちだぜ」

「ゲリラはゲリラ、民間人を誘拐するのは、単なるテロリストです」

「夢がねぇなあ……。国をひっくり返すって、男なら一度は憧《あこが》れるもんだぜ」

「男の野望に付き合ってしょっちゅう年号や紙幣が変わって物価が上がるのはごめんです」

ダグが帰って来ると、それを追いかけるようにロライマ博士が現われた。ダグは、ロライマ博士が探しているものが途方もない代物《しろもの》であることを知っていたが、それは黙っていた。たぶん、ロライマ博士も、適当にはぐらかすはずだと思った。

ロライマは、その場にいたのがアメリカ空軍でなく、日本人だと解《わか》って驚いた。ダグが、簡単に事情を説明し、飛鳥や歩巳らクルーを紹介した。

「ご迷惑をおかけします。少々用心が足らなかった様子で、こういう事態になりました」

「困ったときはお互い様です。それに、ここの麻薬がいつ日本へ向かうとも限りませんから、ゲリラ組織の壊滅は、私たちの利益でもあります」

歩巳が外交的な挨拶をした。

「私はどのような情報を提供すればいいんですか？」

「それはですねぇ……」

ダグは、気象写真のＦＡＸ用紙の中に埋もれていた、偵察衛星写真を拾い上げた。

「博士。これは機密事項です。軍事衛星が撮影したものなので、この情報を持ち帰っていただくことはできません。しかし、博士のご協力次第《しだい》では、メモを取る程度のことは、許可します」

ロライマは、二分ほどその写真を眺め、ルーペを取り出してさらに数カ所をチェックした。

「ミスター……」

ロライマは、ルーペを覗き込んだままの姿勢で呟いた。

「ダグでけっこうです」

「じゃあ、ダグ。この写真は……、甚《はなは》だしい税金の無駄遣《づか》いです」

「なにしろ他人に見られてはまずい代物ですからね……」

「連邦政府の助成を受けている大学関係者数千名が、常に海外のどこかでさまざまな研究活動に従事しています。地図のない島々で、あるいは砂漠地帯で。こういう貴重な情報がわれわれが持つ優れた分析システムと結合すれば、みんな研究室のパソコンの前から動かずにすむ。道に迷うことも、発掘隊を率《ひき》いて莫大《ばくだい》な税金を浪費せずにすむ。やっぱり川の跡だ……。このあたりにあると睨《にら》んでいたんだ」

ロライマ博士は、心ここにあらずで、一心に写真に見入っていた。

「あの……、博士。サパティスタが潜《ひそ》んでいるあたりですけれど……」

「ああ、はいはい。神々の寝所ですね。リモート・センシングで、かなりしつこく調査しました。なにしろ、ここだけはわれわれも近寄れないので。なにかがあるだろうという予測は付けていますが……、これより精細な画像はないんですか？」

「請求すれば貰《もら》えますし、いざとなれば、偵察機を飛ばすという手もあります。ただ、私も下《した》っ端《ぱ》のほうでして、いくらアメリカの民間人が人質に取られているからといっても、そうおいそれと軍は動いてくれません」

「当然のことですが、分解能で言えば、軍のスパイ衛星に勝《まさ》るものはありません。しかし、それを分析する技術となると、われわれのほうに一日の長があります。なにしろ、軍のそれは秘密の基地や軍の車両を見つけることが目的であって、われわれのそれはジャングルに埋もれた遺跡を発見することですから」

　無線が入り、ダグが出た。補給を催促するベラスケス中佐からだった。

　飛鳥は、コンバット・エクスプローラーの待機を命じ、ロライマをキャビンへ案内した。飛鳥は、謎の発光物体に関する質問をした。

「見たことがありますか？」

「ええ、一度だけですが、水平線上、ちょうど、この飛行場のあたりを飛び回っていたのを見たことがあります。半年ほど前のことです」

「たとえば、マヤの遺跡に、そういった怪しいものの記録のようなものはないんですか？　よくあるでしょう。飛行機型のペンダントとか、宇宙服を来た人間の洞窟《どうくつ》画とか」

「ええ、ありますねぇ。そういうのが、インカのように。太陽神との区別がつかないような絵文字があることはありますが、それを、このあたりを飛び交っているＵＦＯと同一視できるかどうかは解りません。貴方がたも目撃を？」

「ええ。昨日も、その前日も。手を焼いています」

ロライマ博士は、ちょっと顔色を変えた。ダグや歩巳がいないのを確認すると、コクピットへのラダー部分で、シャツのポケットに手を突っ込み、ポラロイド写真を一枚取り出した。ミスターＭのブーツの足跡が写っているものだった。

「私が探しているのは、壺《つぼ》や黄金じゃなく、これです。この、ブーツの足跡の化石です」

ロライマは押し殺した声で喋《しゃべ》った。

「よく解らないんですが……」

「考古学の世界では、オーパーツと呼ばれています。貴方が仰《おつしや》った、飛行機のペンダントとか、宇宙服を着た人間の洞窟壁画、つまり、その時代、そこにあったはずのない遺物のことですが、もしかしたら関係あるかもしれない」

「どのように？」

「つまり、このブーツの持ち主は、今も生きていて、時々この地方を訪れていると考えています。それはその……、どんな物体なんですか？」

「空飛ぶ円盤ですよ」

飛鳥は、半《なか》ば冗談めかして答えた。

「まじめにお話しするとですね、それは光の塊《かたまり》です。大きさや形は解りませんが、熱反応があります。非常に明るいです。航空力学を、いささか無視した飛び方をして、レーダーには映らない。突然消えます」

「何だと思います？」

「博士、パイロットというのは、現実主義者です。理解できないことは忘れる。それが敵でない限りはね。私にとって優先するのは、その正体が何であるかより、敵であるか味方であるかだけです」

「で、どっちなんです？」

「感触としては、このＵＦＯは、われわれの存在を快《こころよ》く思っていないようだ。ひょっとしたら、撃墜されるかもしれない。現に、米軍機はＵＦＯに撃墜されたふしがある」

「そうなんですか⁉」

「何も知らない？」

「私はしばらくここを離れていました。米軍が麻薬組織を掃討《そうとう》していることは聞いていましたが……」

「まあ、ダグはＣＩＡですからね、民間人である貴方に何かを知らせる必要はない」

「とても重大なことです。ミスターＭが……、われわれはこのブーツの持ち主をミラージュの男、ミスターＭと呼んでいるんですが、彼が今、ここに来ているとしたら、重大なことです。何かがここで起こりつつあるという証拠です」

「何かとは？」

「彼が興味を抱《いだ》く何かです。天変地異か、あるいは政治的な変動か」

「何者ですか？」

「解りません。神を気取るサイコパスかもしれないし、僕のような考古学者、文化人類学者かもしれない。おそらく、人類に近い知的生命体であることは断言できますが。ダグと話してみます。われわれの安全に関わることでもある」

「ああ、そうお願いしたい」

滑走路状態は昨日よりまた改善されていた。ブルドッグが離陸する寸前まで、住民が滑走路際《ぎわ》で穴埋めに当たっていたのだ。

離陸してほんの一〇数分で、神々の寝所へと続く渓谷地帯上空に到着した。昨夜、飛んだ時とは、まるで雰囲気が違った。別の場所を飛んでいるような感じだった。

一番幅が広い川の真ん中に、バンダナを振る集団がいた。

飛鳥は、その上空を二度フライパスし、一五〇〇フィートから物資を投下した。

パラシュートが渓谷からの風に煽《あお》られ、目標地点から二〇メートルほど離れたポイントに落下した。

兵士が駆け寄り、パラシュートを外し、荷を解《と》く。

「ダグ、下の連中に伝えてくれ。パラシュートは備品だ。できれば持って帰ってくれと」

「そりゃあ無茶だ、少佐。あれはこの場で切り刻まれ、明後日にはもうパラシュート地の服を来た女子供が町を誇らしげに歩いていますよ。ご心配なく、ＣＩＡの裏帳簿から出しますから」

ダグは、ブルドッグの右翼側にあるバブルウインドーの観測窓に首を突っ込み、下を眺めていた。ヘルメットの重さがこたえていた。

「博士、どこか目を付けて飛ぶべきエリアはありますか？」

「寝所へ登る階段状のクレバスがありましたね。あそこから、真東へ飛んでください。おそらく、直線上一キロ以内に、遺跡があるはずです」

「どうしてです？」

「階段の位置から、そう判断できるんです。あんなところには目を付けなかった」

「了解しました。階段の手前からアプローチし、三〇〇フィート北側を真東へ飛びます。ご気分はどうです？」

「ヘルメットを脱いでいいですか？　重くて死にそうです」

「どうぞ、ヘッドセットだけ被《かぶ》ってください」

「最大入っても三キロでいいです。そこまで飛んだら、引き返してください」

ロライマ博士は、二往復したところで、三階建てと思われる遺跡を発見した。その真上で旋回すると、下生《したば》えが掃除されたような痕跡があった。

「機長、どこかで私を降ろしてください！」

ロライマはたまらず叫んだ。

「無茶を言わんでください。ヘリコプターじゃないんですから。こんなジャングルの奥地、ヘリで降りるのも危険です」

「飛行場にヘリコプターがいたじゃないですか⁉」

「このあたりはゲリラと麻薬組織が複雑に入り組んでいる。問題外です」

ロライマ博士は、ハーネスを外してシートから立ち上がると、コクピットに登り、ダグの肩を後ろから摑んだ。

「ダグ、私はここに降りる必要がある。敵が向かった場所をたぶん特定できると思う」

「博士、無茶です。これ以上人質が増えるのはごめんです」

「政府軍に追跡はできない。連中は獣道《けものみち》の探し方は知っていても、サパティスタが使っている遺跡の探し方は知らない。上と下から探せば、ゲリラのベースも、このあたりに展開している麻薬組織の秘密アジトも潰《つぶ》せる。いざという時でも、僕一人が犠牲になればいい話じゃないですか？」

「少佐、引き返してください。いったん基地へ引き揚げてから、話し合いましょう」

ダグは、GPSポイントを下のベラスケス中佐に伝えた。飛鳥は、ただちに上昇し、まっすぐ帰投コースに乗った。


ベラスケス中佐は、部下を要所要所に配置し、各小隊ごとに食料を分配させた。同じ中隊の仲間であるにもかかわらず、ほとんど奪い合いだった。

じりじりと照りつける太陽は、河原で反射し、兵士は暑さのあまり交代で水浴びしていた。

「こんなところをサパティスタに襲撃されたらひとたまりもないな」

中佐は、岩陰で地図にGPSポイントの場所を書き入れていた。

「中尉、一時間で出発する。飯を急がせろ」

「はあ、たいしたものはありませんが……」

投下された物資をチェックしたペレンケ中尉が、がっかりした顔で答えた。

「まったくな。われわれの食生活ときたひにゃあ、サパティスタとたいして変わらんだろうからな。この状態が続くとしたら適《かな》わない。真《ま》っ直《す》ぐ進むのはよそう。迂回《うかい》してから、この遺跡に入る」

「よろしいんですか？」

「何が？」

「よからぬ噂があります。ここに入ったが最後、誰も帰って来ないと」

「迷信だよ。中尉。麻薬組織の連中がこのあたりをねぐらにしているのも間違いないことだ。両方叩くいいチャンスになる。中隊を動かして、手ぶらで帰るわけにもいかないからな」

中佐は、偵察隊を先発させると、黴《かび》の生えた硬いパンを、熱いコーヒーで胃袋に流し込んだ。濁ってはいたが、水だけは大量にあるというのが救いだった。ユカタン半島は、ジャングル地帯のわりには、川が少ない半島だった。

ベラスケス中佐は、聳《そび》えるような岩の壁を見上げた。

中佐も、神々の寝所に関する噂は知っていた。現に、ここへ向かい、二度と帰って来なかった人間も知っている。軍は、たまに上空から偵察することはあったが、地上から入ったことはなかった。

一方で、麻薬組織やサパティスタが、伝説を恐れて農民や軍が近寄らないことをいいことに、このあたりを根城《ねじろ》に使っていることも周知のことだった。

ゴンザレスがここに逃げ込んだ以上、躊躇《ためら》う理由はない。それが中佐の結論だった。


プランダラー・ポールは、デビルズ・ケイブの中間ポイントのテラスから、二キロ潜ったところで、ようやく下界への感触らしいものを摑んだ。

流れに変化が起こり、微《かす》かな濁りが現われた。

やがて、かなり細い支流が現われた。プランダラー・ポールは、幅が二メートル、高さが一メートルもない洞窟を泳いで遡《さかのぼ》った。五〇〇メートルほど蛇行《だこう》しながら遡ったところで、天井に空気が溜まるようになり、やがて水位が下がって、頭は天井に付くものの、歩けるようになった。冷たい空気が流れていた。

プランダラー・ポールは、レギュレーターホースを外し、外気を吸いながら前進した。二〇〇メートルほど歩いて、ようやく光が射《さ》し込んでいる空間に出た。

プランダラー・ポールは、ライトを消し、しばらく暗闇に目を慣らそうとしたが、無駄だった。それほど地上の光は遠く、弱々しかった。

「やむを得ない。フラッドライトを灯《とも》せ」

小さな小川の中に突っ立ったまま、数本のフラッドライトが点される。ライトが照らし出したのは、壁と、朽《く》ちた木片の山だった。

「ジョーイ、足下の周囲を照らせ」

キリンバス伍長が、ライトを足下周辺に向けて三六〇度回す。

「水汲み場《ゾノット》のようですね」

「ああ、間違いない。ゾノットだ。規模としては中規模だが、やけに深いな……。三〇メートルはある。ルイス、位置はどうだ？」

「はい。神々の寝所に入りました。二〇〇〇メートルほど中に入っています」

ジーニー伍長が報告した。

「GPSは使えるか？」

「信号を受信していますが、ちょっと上へ出ないと無理ですね。シグナルが弱いです」

「梯子《はしご》の跡を照らせ」

地上へと延びる梯子の差し渡し幅は、五メートルはありそうで、当時、多くの人間が、この水汲み場を利用していたことが窺われた。

「でかいな……、この上」

「そんな跡はなかったですよ。衛星写真では」

「とにかく、登ってみよう。ルイス、行ってみろ」

ジーニー伍長は、装備を脱ぎ捨てると、ところどころオーバーハングしている崖《がけ》を、フリークライミングで、ほんの五分で登りきり、地上へと出て行き、上からロープを垂《た》らした。まず、簡易ラダーを引っ張り上げ、固定したところで、全員が登りきった。

もっとも、地上へ出たところで何があるわけでもなかった。降り口は完全に草に覆《おお》われ、その周囲には蔓《つる》性の木々が生《お》い茂り、一〇メートル向こうも見えなかった。

「ルイスは位置を特定しろ。他の者は、下生えを払え。道路の痕跡があるはずだ」

バヨネットで足下の蔓を切り、積もった枯れ葉を払った。案《あん》の定《じょう》、石畳が現われた。十字方向へ延びていた。それも、ほぼ東西南北だった。

「かなり大きい町だ……」

「妙ですねぇ。ここは台地ですよ。こんな大きな井戸を必要とするような集落が発達する地形じゃないはずなんですが」

「確かにな。いつの時代の様式だろう」

プランダラー・ポールは、考えながらもてきぱきと命令を下した。

「ジョーイ、貴様は二名を率いて引き返せ。洞窟内に置いた物資の三分の二を回収し、全中継ポイントから撤収する。万一、デビルズ・ケイブを利用するときのために、最低限の道標は残しておけ」

「はい、隊長」

「ジーニー、ベースまで歩いて帰る。コースを出せ。ここはカムフラージュする。人が入った痕跡がないことを考えると、ゲリラにも麻薬組織にもまだ発見されていないと考えていいだろう。われわれは、今後ここを探索拠点とし、ここからアプローチする。ひょっとしたら、魔術師のアクロポリスとは、神々の寝所のことを言ったのかもしれない。だとしたら、われわれの分析はそう外れていなかったということだな」

プランダラー・ポールは、ドライスーツを脱ぎ、行軍に備えた。陸上を行くというのも、それはそれで大変なことだった。


ブルドッグがベースに着陸すると、ロライマ博士は、走って管制塔に引き揚げ、アマンダ宛《あて》のメモと地図を認《したた》めた。ロライマは、興奮した筆遣いで、「魔術師のアクロポリスを発見したかもしれない」と書き記《しる》した。

ブルドッグは、エンジンを回したままだった。

「必要なものは特にありません。無線機を貸していただけますか？　私個人が、皆さんと連絡を取れるようにしておきたい」

「いいですけど、いつでもどこでもスイッチを入れないように注意してください。戦闘中にピーガー言うと、的《まと》になります」

ダグは、気乗りしない顔で言った。

エプロンで、コンバット・エクスプローラーもエンジンを回して待機していた。

「リベア博士はいい顔しませんよ」

「まあ、しょうがないですよ。唐突に行動する癖《くせ》は昔からですから。心配するなとだけ伝えてください。それから、もし何かを発見したら、発掘隊を派遣してもらうかもしれないから、用意だけはしておくようにと」

「まあ、気をつけてください。ベラスケス中佐が部隊の指揮を執《と》っている限りは、丁《てい》寧《ねい》に扱ってもらえるでしょう」

「大丈夫です。現地人との付き合い方は心得ています」

ロライマ博士は、冷蔵庫のミネラルウォーターを一杯飲み、エビアンの小瓶を一本ポケットに突っ込むと、「じゃあ、よろしく」と駆けだした。

コンバット・エクスプローラーのコーパイを務める若松《わかまつ》真《まこと》二尉が、頭を抑えて近づくようポーズを取り、博士を招き入れてドアを閉めた。

「こちらエクスプローラー、ブルドッグ、お先に離陸します。エア・カバーをよろしく」

飛鳥は、滑走路エンドで、コンバット・エクスプローラーが軽々と離陸して行くのを見守っていた。

「五分待って離陸だ」

「宝物が出たら、あたしたちも何か貰えるのかしら？」

飛鳥と歩巳は、想像していたより遥かに軽快な動きを見せるエクスプローラーにちょっと驚いた。

「たいしたものは期待しないほうがいい。マヤ文明に黄金文化はないんだろう？」

「そうみたいね。あたしは翡翠《ひすい》でいいんですけれど」

「宇宙人が守っているのは何だろうな……」

「宇宙人？　ま、誰でもいいですけれど、その気になれば、撃墜できるはずなのに、攻撃しないというのは、何か思惑《おもわく》があるのよね」

「環境保護とか、サパティスタの援護とか？」

「なら麻薬組織と戦ってくれてもよさそうなものじゃない？」

「このエリアの問題じゃない。麻薬が問題なのは、その消費国であって、生産国に、麻薬絡みの問題があるわけじゃないからな。ミスターMには、たぶん興味はないんだろう」

「今朝、あの博士と話していたの、そんな話なの？　ちょっとオタクっぽいわよね、あの人」

「なんでもタイムトラベラーの足跡を追っているんだそうだ。俺たちを襲撃したのは、そいつに違いないと言ってた」

「彼が何か解決してくれるっていうの？」

「もし糸口が見つかるんなら、助かる。別に嫌《いや》がっている人間を放り込むわけじゃない。自分で行かせろっていうんだから、いいんじゃないのか?」

「展望がないのね……」

「こんなとこで、どうすんだよ。空自の一個飛行隊が援護してくれるっていうんなら、あれこれ努力のしがいもあるだろうが、徒手空拳《としゅくうけん》だぜ」

エクスプローラーが地平線の彼方《かなた》に消えていった。

「よし、行こう!」

ブルドッグは、エクスプローラーを追って東の空へと離陸した。ほんの十数分でエクスプローラーに追いついた時には、もうクリッパー・バレーを通過し、神々の寝所へと接近していた。車と徒歩で半日かかる距離も、飛行機なら、ほんの数十分だった。

ロライマ博士は、発見した遺跡の真上でラペリング降下した。三〇メートルを超えるジャングル・キャノピーの中、ケーブルが地面まで届かずに、最後は四メートルほどの高さから地上へジャンプした。腐葉土の中に、スニーカーが埋もれた。

ロライマは、腰を屈《かが》めたまま三六〇度ゆっくりと回った。ヘリが上空を離れたおかげで、風が収まり、あたりが静かになった。

「こちら、ロライマ、地上に降りた。無事です。視界はよくありません。ここで、しばらく政府軍が到着するのを待ちます」

「こちらはブルドッグ。博士、ヘリは帰しますが、貴方が政府軍と合流するまで、われわれは、ウォーキートーキーの交信範囲内に留《とど》まります。博士、うかつに動かないように。トラップが仕掛けられている恐れがあります」

「ご厚意に感謝します」

ロライマは、ウォーキートーキーをナップザックにしまうと、警告には従わず、早《さっ》速《そく》行動に移った。まず、三階建ての宮殿跡に飛び込んだ。一階フロアには、人がいた気配があった。

四方の壁にあるブーツの石板を写真に収める。ロライマは、スピッツバーグが登らなかった見張り所に登ってみた。三階の屋根まで梯子が掛けてあったが、それでも、まだ一〇メートル上まで木々が繋っていた。

だが、下を見ることはできた。何か枝を被せてカムフラージュした跡があった。

ロライマは、今度だけは慎重に移動した。万一のために、ウォーキートーキーを肩に掛けた。足下を確認し、左右を確認し、一歩一歩と歩いた。

ロライマは、朽《く》ちた住居跡の床の上に、微かな足跡を見つけた。ウォーキートーキーを取り出し、上へと連絡した。

「ブルドッグ、こちらはロライマです。スピッツバーグの足跡を発見しました。おそらく今朝のものです。あたりに人間の気配はありません。ＣＩＡのダグに伝えてください」

「了解しました、博士。もう一度お願いします。動かないでください。ヘリはもう帰りました。博士がトラップに引っかかって怪我を負っても、助ける術《すべ》はありません」

「ありがとうございます。気をつけます」

ロライマは、答えながらも、もう動いていた。積まれた枝や石板を、一個一個排除し始めた。きっと、スピッツバーグが、何かを隠すために、そうさせたのだ。

一〇を超えるサンダルの足跡が、地面に残っていた。日ごろは慎重な作業をするスピッツバーグにしては、やけに乱暴な手口だ。よほど気になる何かがあったに違いない。

コンバット・エクスプローラーが降下してくるのを、プランダラー・ポールはほとんど真下で聞いていた。残念ながらブッシュが深いせいで、その機体は見えなかったが、音で解った。

ティル・ローターのない、ノーター・ヘリコプターに、スキュープロペラを装備した新型のハーキュリーズだ。

事情はよく解らないが、それが引き揚げたフロリダの連中に代わってやって来た連中だということは解った。

プランダラー・ポールは、無線機の類《たぐい》は水中用のものしか持参していなかった。ベース・キャンプに連絡して、何が起こっているのか聞くことはできなかったが、このごく近い場所に、他の人間がいるというのは、警戒すべきことだった。

プランダラー・ポールは、デザート・イーグルをホルスターから抜いて構《かま》えた。しばらく留まるべきかどうか迷ったが、とりあえずは帰還するのが第一だと判断し、井戸をあとにした。

だが、五〇〇メートルも行かないうちに政府軍と接触する羽目《はめ》になった。

犬の唸《うな》り声が聞こえた時点で、プランダラー・ポールには、相手が政府軍だと解った。

敵ではないことを知らせるために、口笛を吹いた。プランダラー・ポールのように、人生の半分をジャングルで過ごしていると、見知らぬ相手との平和的な接触方法については心得ていた。

ベラスケス中佐も、口笛で答えた。二人は、まず互いの偵察兵を接触させ、五分後、シダが生い茂る中で握手を交わした。

以前会った時に比べて、ベラスケスはさらに日焼けし、プランダラー・ポールは、露出した肌が、草葉に切られて傷だらけだった。

「今、上にいたのはあんたかね？」

「いえ、貴方もご存じの、ロライマ博士です。上から、ゲリラが潜んでいたらしい遺跡を発見して降りて来たんです。われわれもひとまずそこへ向かっています」

「遺跡が？　規模は？」

「お宝がありそうな規模じゃないでしょう。貴方は潜っていらっしゃったんじゃないんですか？」

「この近くに出口を見つけた」

「こんなところに地下水脈が？　ところでご一緒しますか？　近くですよ、ロライマ博士が降りたのは」

「いや。あいにく、陸上探索用の装備はほとんどなくてね、いったんベース・キャンプへ引き揚《あ》げてから、また明日朝一番で入るよ。あんたはサパティスタを追っているのかね？　それとも麻薬組織を？」

「両方ですが、ゴンザレスを追ってます。彼が、誘拐したロライマ博士の友人を連れて、このあたりをうろついていることが解りましてね、昨夜交戦したばかりです。敵は、この神々の寝所を横切って脱出するみたいです。中佐殿の部隊の手が借りられると心強いんですがね」

「よしてくれ。われわれはお宝目当てで、ゲリラと戦いに来たんじゃない。そんな装備も持参していない」

「残念ですね。ベテランの戦いぶりを拝見できるまたとない機会なんですが」

「うん。明日の朝までにぜひ敵を片付けておいてくれ」

「必要なら、町で護衛を雇《やと》ってください。ボーナスを弾《はず》んでね」

「ああ、いざという時は、君たちを雇わせてもらうよ。もし怪しげな遺跡を発見したらぜひ無線で教えてくれ。しかるべき謝礼は出す」

「そういうことでしたら、中佐、申し訳ありませんが、食料を購入して、援護の攻撃チームに預けていただけませんか？　今朝、基地からの補給物資を受け取ったんですが、何しろ、芋《いも》すらない、トウモロコシの粉と黴の生えたパンしかない状況でしてね」

「何人分だ？」

「三個小隊、三日分もいただければ幸いです」

「任《まか》せてくれ。だが、ベラスケス中佐、賄賂《わいろ》を受け取るのは恥じゃない。麻薬組織からすら受け取らないとなると、賄賂の代わりに、爆弾をお見舞いされることになるぞ」

「そうなる前に、敵を殲滅《せんめつ》できることを祈ってますよ。ブービー・トラップにお気をつけて」

「ああ、そうする」

プランダラー・ポールは、早々と別れを告げると、足早にその場を離れた。ロライマが発見した遺跡を覗いてみたい誘惑に駆られたが、サパティスタや麻薬組織が跋扈《ばっこ》するエリアで、政府軍に守ってもらうのは、彼の主義に反した。

ロライマ博士は、住居跡のカムフラージュを、半分ほど剝《は》いだところだった。

ベラスケス中佐が姿を現わしたことにも、まるで気付かない様子だった。

「博士、博士！　気をつけてください。トラップがあったらどうするんです⁉」

「そんなものはない。早く手伝ってください」

ベラスケスは、部隊を散開させ、トラップを警戒しながら一歩一歩前進して、ゴミの山と化した遺跡の跡に立った。

「初めまして、博士。ベラスケスです。お噂はリベア博士から聞いております」

「アマンダをご存じで？」

ロライマは、汚れた手で握手しながらすぐ作業に戻った。

「発掘調査隊の護衛を申し出たんですがね、政府軍がいるということでサパティスタに狙《ねら》われるからと断わられました」

「ああ、そういう女なんですよ、彼女は。悪い癖です。政府だとか軍だとか、全然信用していないんですから、まったく……」

「何をしているんです？」

「地下室です。スピッツバーグがここにいて、地下室を見つけたんです。出発間際《まぎわ》大急ぎで、入り口を隠したみたいです」

「何があるんです？」

「さあ、何でしょうね。でもトラップを仕掛けるような暇はなかったでしょう」

ロライマは、兵士の手を借りて、階段に突っ込まれていた二本の枯れ木を引き抜いた。マグライトを持ち、中佐と二人で階段を降りる。

「ああ、こりゃあだめだ……」

じめっとした足下には、サンダルで踏み荒らした跡があった。

「全部持ち出されている」

ロライマは、部屋の奥を覗き込む前に嘆《なげ》いた。

「何があったんです？」

ベラスケスは、がらんとした部屋の中で言った。

「足下を見てください。引きずった跡がある。石板でしょう。たぶん、一〇枚か、あるいは二〇枚単位です。貴方や麻薬組織に見つけられるのを恐れて隠したんです」

「持参できるような重量じゃない。近場に隠したんだろう。どうするね。犬を使えばたぶん追えると思うが、こんなじめっとしたところを引きずったんじゃ、匂いは落としきれなかったはずだ」

「いや、スピッツバーグが見ているんならいいでしょう。もっと大きな、巨大な遺跡があります」

「ここに？」

「ええ、たぶん半径二〇キロ以内にあります。中佐、サパティスタが、なぜスピッツパーグを誘拐したか解りますか？　別に、アメリカ人だったからじゃない。彼らは、考古学者を必要としていたんですよ」

「遺跡を暴《あば》くためにかね？」

「ええ、魔術師のアクロポリスを探すためにです」

ベラスケスは、またかといわんばかりに、溜息《ためいき》を漏らした。

「博士……、貴方のブーツ探しですら常軌《じょうき》を逸《いっ》しているというのに、魔術師のアクロポリスなんて……。そんなものが実在したら、国がひっくり返る」

「実在しますよ、今は信じています。中佐、私と貴方は、今その上に立っています。ここが、その魔術師のアクロポリスです。古代ローマ帝国に匹敵《ひってき》する繁栄を誇った都市が、たぶんここです」

「バカな……」

「二日もあれば、その中心部を探してみせます。神聖文字と絵文字を読み取るある程度の知識があればいい。サパティスタは、その才能を欲《ほっ》したんです」

「博士、待ってください……」

ベラスケスは忌々《いまいま》しく舌打ちした。

「まあいい……。魔術師のアクロポリスでなくてもいい。とにかく、何らかの財宝がここに埋もれているとしたら、サパティスタにも麻薬組織にも渡すわけにはいかない。連中の資金源になるようなものは、金貨一枚渡すわけにはいかない」

「もちろん、伝説が伝えるような黄金文化は、僕も信じちゃいませんけれどね」

「さっき、プランダラー・ポールとすれ違った。地下水脈の出口があったそうだ」

「ゾノットを見つけたんですか⁉」

「そうらしい。このごく近くだ」

「なら、たぶんこのエリアの住民が使っていたものでしょう。地下水脈があるのか……。プランダラー・ポールは何と？」

「彼は慎重な男だ。武器も持たずに、こんな奥深くに入ろうとは考えないさ。それに、サパティスタやわれわれが財宝を発見できるとも考えていない」

「それはどうですかね。プランダラー・ポールが探しているものが、伝説どおりの黄金だとは限らない」

「どうして？」

「中佐、私は彼とはだいぶやり合いました。お互いの手は知っているつもりです。彼は私がここにいることを知っているんですか？」

「ああ、降りて来たのが貴方だということは伝えた」

「じゃあ、決まりだ。彼が追っているものは、財宝じゃありません。われわれが知らない何かです。くそ……、何を探しているんだろう」

「何でそう思うんだね？」

「私が彼より一歩も二歩も財宝の在り処《あか》に近づいているという状況で、出直して来るなんていう男じゃありません。後ろから私を撃ってでなきゃ、そんなことはしませんよ。ということは、彼は私が思いもつかないお宝を追っているということです」

「そんなものあるわけないいじゃないか。マヤにあるのは、せいぜい翡翠《ひすい》ぐらいのものだ。だいたい、ここいらへんはずっと麻薬組織やサパティスタが入り込んでいた。そんな巨大なものが、今日まで見付からなかったとはとても思えない」

「この王は、用心深い人間でした。実在したとしたらね。それで、ある程度生存中に隠蔽《いんぺい》工作を行なった可能性があります」

「君はあの伝説を信じていたのかね？」

「まさか。何の根拠もないじゃないですか？　天を突くような神殿に、地平線の彼方まで続く町並み。当時の建築技術で、一〇〇メートルを超えるような建造物を作るのは至難の業《わざ》でした。あのころの農耕狩猟技術で、地平線まで続くような町を維持できたはずもない。せいぜい一万人が限度です。産業革命以前の町には、肥大化にも限界があるんです。分散して発達させるしかない。あの伝説では、当時ヨーロッパが中東からかき集めた以上の量の黄金があったと尾鰭《おひれ》まで付いた。インカやシカンより大きな文明があったなんて信じられない」

「神聖文字や絵文字の中に、記述はないのかね？」

「ありますよ。でもそれは、マヤ文明のひとつの時代としてしか記述されていない。大きな文明の存在を窺わせるものはない。中佐、この文明の伝説はですね、文明が辿《たど》るべき過程を無視しているんですよ。だから僕は認めたくなかったんです」

「まあいい、どっちへ行けばいい？」

「地下水脈の見当がつきます。それから、石畳の道路の跡もある。東へ進みましょう」

「了解した。ピッチを上げよう」

ベラスケス中佐は、斥候《せっこう》を前進させ、本隊を鶴翼《かくよく》の陣形に展開させたまま東へと歩き始めた。その鶴《つる》の首のあたりに、ロライマがいた。

先に行動したスピッツバーグは、難渋しながら前進していた。石畳の通路は途切《とぎ》れ途切れで、意図的に方向を変え、敵を欺《あざむ》こうとした痕跡があった。

スピッツバーグは、泥だらけ、傷だらけで、憑《つ》かれたように地面を這いずり回っていた。

だが、ゴンザレスは部隊に休憩を命じ、迂回路《うかい》へ曲がろうとしていた。

スピッツバーグは、井戸を探していた。町を守っていた砦《とりで》の残骸を発見したが、まだ井戸を見つけていなかった。

「コマンダー、このあたりに水汲み場があるはずです。マヤ語でゾノットと呼ばれていたものです」

「たぶんあるだろうが、そいつを見つけるのは、ナパーム弾を数万トン投下して、このあたり一帯を焼け野原にするしかないだろう。すぐそこに五〇メートルプールがあったって気づきはしないよ。博士、コースを北へとらなければならない」

「もう数マイルの圏内に、魔術師のアクロポリスが発見できます」

「これから先は、レディ・ファントムの勢力圏内だ。われわれとは、互いに不可侵の協定がある」

「レディ・ファントム？　ボスですか？」

「そうだ。なかなか姿を見せないがね。やり手だよ。中南米の麻薬王にのし上がりつつある」

「町では全然噂を聞きませんよ」

「そりゃ当然だ。連中が支配しているのは、栽培地と精製地だけで、町を支配しているわけじゃない。移動はヘリだし、出荷は隣国からだ。基地周辺には、一〇〇名程度の武装兵がいるだけだ」

「米軍がいたじゃないですか？」

「れいの攻撃機に追われると、すぐ渓谷地帯へ逃げ込む。戦いは五分だ。なにしろ、陸上からアプローチしようとすると、われわれの歓迎があるからな」

「そのレディ・ファントムが魔術師のアクロポリスを発見した可能性はありませんか？」

「彼女が考古学に興味があるという話は聞いたことがない。そんな宝物が見つかったら、マーケットに流れるじゃないか」

「まあ、そうですがね……。いいでしょう。ちょっと迂回して、今度は東側から探索しましょう。それで見つからなかったら、その麻薬王と話を詰めて、捜索の許可を得てください」

　スピッツバーグは、全体像を描くことができなかった。何か大きな力が、この一帯を支配していたことは間違いないが、その核を見つけることができなかった。

　ダグは、ジープを走らせてＵＣＬＡのベース・キャンプまで出向いた。

　苛《いら》ついた顔のアマンダ・リベアがいた。

　ダグは、暑いのを承知で、テントの中での話を求めた。財宝に纏《まつ》わる話なので、人に聞かせたくはなかった。ロライマが認《したた》めたメモを手渡した。

「まず、朗報をひとつ。スピッツバーグ博士の痕跡が発見されました。それを発見したのはロライマ博士で、彼は今、スピッツバーグ博士の足跡を追っています。神々の寝所で」

「………」

　アマンダは、メモを一読しながら、呆《あき》れた顔で首を小さく振った。

「政府軍がサパティスタを追ってまして、合流してもらいました」

「安全なんですの？」

「安全は保障できません。第一、博士が望んだことですから。ロライマ博士は、魔術師のアクロポリスを見つけたと仰《おっしゃ》ってるようです」

「なんですって⁉」

　冷ややかなアマンダの顔が変わった。

「そのメモに書いてあるはずですが、私はよく知りません……」

「知らなくて当然です。たわいもない伝説なんですから。メキシコの考古学学会では、公式にも非公式にも、存在を認めたことは一度もありません。わが国の考古学が発達する前に、貴方がたが乗り込んで、山肌をひっぺがえしてまで調べたけれど、結局金貨一枚出なかったんですから」

「残念ながら、サパティスタと麻薬組織の勢力圏内です。もしあるとしたら、彼らより先に発見しなければならない」

「金銀財宝をですか？　そんなものがあるんならくれてやればいい」

「困ります。彼らの資金源になるのは。できれば、彼らが手にする前に見つけたい」

「ＣＩＡともあろうかたがたが、あんな伝説を信じているんですか？」

「なにしろ、学者さんがあるかもしれないと仰っているんですから……」

「呆れるわね……」

「応援が必要になるかもしれないから、待機していてほしいというのが、博士からの伝言です」

「解っているんですか？　あそこはゲリラと麻薬組織の支配エリアなんですよ。政府軍なんかひとたまりもないに決まっているじゃないですか？」

「大丈夫です。上空からの援護があります。それに関しては、私もある程度の援護をお約束できます」

「おめでたいこと。お宝に目がくらんで……。そんな財宝があるんだったら、私たちはこんなに貧しくはないわ」

「伝説の、たとえ百分の一の量しかなかったとしても、この地域はしばらく観光で食べてゆけるでしょう」

「ヘリとかいるんですか？」

「ええ。います」

「じゃあ、運べる程度の荷物を作ります。マグライトのバッテリーやフィルムなどを」

「ありがとうございます。博士は、神々の寝所を調査なさったことはないんですか?」

「私がアメリカから帰って教職に就《つ》いたころには、もうサパティスタの占拠エリアとして知れわたっていました。捜索できるようなところじゃないんです。ジャングルが深すぎる。台地を降りないと水場がないので、人も住めない。あんなところに、文明があったなんて信じられません。昔、横断した連中の話を聞いたことはありますが、たぶん、無理でしょう。ほんの五メートル隣に超高層ビルがあっても、たぶん誰も気付かないわ」


ダグは、飛行場へ引き揚げ、夜の出撃に備《そな》えてウェザーを本国に請求した。ブルドッグはまだ帰っていなかった。コンバット・エクスプローラーは、万一のために燃料補給し、離陸準備を整えていた。

平原大陸技官が、破れた帽子を脱ぎながら管制塔ビルに入って来ると、冷蔵庫を開けてコーラを取り出し、一気飲みした。

「真っ昼間から、軍事作戦かい？　ダグ」

「ゴンザレスが見つかったんだ。れいのアメリカ人の考古学者を連れ回しているらしい。政府軍がすぐそこまで迫っている」

「援軍を頼んだほうがいいんじゃないかい？　ベラスケス司令官は、珍しく人望があるが、あの連中の装備はサパティスタの木製銃とたいして変わらんように見えるがな」

「君んとこの攻撃機は、一個師団分の戦力になるはずだ。それに、いざとなれば、メキシコシティから空軍機の一機ぐらい飛んでくるだろう」

「ところで、ダグ、ひとつ聞きたいことがあるんだが、TPCはいったいここで何をやっているんだい？　ベラスケス司令官を通り越して、メキシコシティの軍幹部には、だいぶドルをばら撒《ま》いているみたいじゃないか？」

「タイリク、君を派遣した農林水産省に、いちいちアメリカの民間研究所をスパイするような金があるとも思えないんだが、ただの増産研究プランテーションじゃないのか？」

「じゃあ、なんで軍に賄賂《わいろ》なんかやる必要がある？」

「サパティスタに対する用心棒代じゃないのか？」

「違うね。実は、町である人間を見かけた。トーマス・モンゴメリー博士、遺伝子工学の碩学《せきがく》だ。二、三日前、プランダラー・ポールと飲んでいたという話を耳にした」

「ここにはアメリカ人は少ない。人恋しくなったんだろう。タイリク、断わっておくが、私が受けた命令は、ただ一つ。麻薬組織の抹殺《まっさつ》と、サパティスタ掃討への協力だ。

ＴＰＣがここで何をやっているかに興味はない。プランダラー・ポールが、誰と飲もうが知ったことじゃない。私にだって知らないことはあるさ。君と同じ歳《とし》なのに、世界じゅうの秘密を知っているわけがないだろう？」

「まあね。だがＴＰＣに関してはよからぬ噂ばかり聞く。気をつけたほうがいい。せめて、何をやっているかぐらい調べるべきだと思うよ」

「そればっかりはご免だね。ジーン・カンパニーには、莫大な利権が絡む。ああいうところをつついても楽しいことは一つもない。そっとしておくのが一番さ。そんなことより、連中はなぜこんなところに来たんだい？　君だって、なんでこんなところに来た？」

「僕の理由は単純だ。近代文明の入っていないところなら、どこでも出向く。連中の理由は、要するに、国内でできない実験を行なうためだろう」

「気をつけるとしよう。機会があったら、プランダラー・ポールに尋ねてみるよ。やっこさん、お宝を見つけたみたいだから」

ブルドッグから、帰還するという無線が入った。コンバット・エクスプローラーがエンジンを停止し、待機を解いた。

今夜、また出撃しなければならないことを考えると、ダグは憂鬱《ゆううつ》だった。今度こそ、あの謎のＵＦＯから直接的な攻撃を受けそうな予感があった。

5章　レディ・ファントム

四〇メートルもの高さに設《もう》けた監視用カメラのビデオ映像を再生させながら、レディ・ファントムこと、マーガッレット・チャンは、「新鋭機だわ」と呟《つぶや》いた。

「スキュータイプ・プロペラのJ型ハーキュリーズじゃない？　妙ね。フロリダの連中はまだ持っていないはずだけど」

「じゃあ、ここでデビューってわけね。ダマリオ将軍に応援を仰《あお》ぐ？」

「その必要があるかもしれないけれど、できるものなら、私たちだけで戦いましょう」

妹のジョディ・チャンは、クッキーを頰張《ほおば》りながら、エアコンの前で涼《すず》んでいた。

「何があったのかしら？」

「もうじき解るでしょう。トッドが出ているはずだから。おおかた、サパティスタがへまをやって、追われているんでしょう。こんな奥深いところで、上空から人間を探し出そうなんて無茶な連中よ」

二人が暮らすお城《キャッスル》は、三階建てのプチホテルを思わせた。

ゾノットが真下にあり、水には不自由しなかった。トイレは、太陽電池を利用した自然乾燥。電力は、一部が太陽電池パネルで、エアコンなど大電力を要するものは、灯油発電に頼っていた。

もっとも、ここで消費される電力は、二人の冷蔵庫とエアコン、わずかの電子警備システムだけだった。

五年前遺跡を発見したときは、とても住めるようになろうとは思わなかったが、パートナーである、トッド・ウイリアムスがここに決め、一年がかりで、物資を運び込み、カムフラージュされたヘリポートを建設し、ここにレディ・ファントムの伝説が生まれたのだった。

トッド・ウイリアムスを除いて、誰も、彼女の正体を知らなかった。

ノートパソコンのモニターが反応し、衛星からの通信をダウンロードし始めた。ニューヨークのオフィスからの事務報告だった。

発信位置を特定される恐れがあるため、こちらから通信を発することはなかったが、アメリカからの衛星通信を受信することはできた。

二人は、少しずつ再現される画面映像を食い入るように見つめていた。

「潰さなきゃならないわ……」

ジョディが拳《こぶし》を握りしめて呟いた。

「跡形なくね。こんなこと、本当にできるはずがないじゃない……」

「でも、マーケットは喜ぶわ。それに、嘘《うそ》だとしても、パイが広がる。でも、たぶん私たちの儲《もう》けは減る」

「今夜やりましょう。ええ、跡形なく潰しますとも」

二人は、フライトスーツに着替えると、ゾノットへと降りて行った。

トッド・ウイリアムスは、夕方になって帰って来た。ゾノットの地下深くにあるヘリコプター格納庫には、二機の武装ヘリコプターが収められていた。

トッド・ウイリアムスは、今年七二歳だった。ある種の変わり者だった。彼が麻薬に手を染めたのは、戦争が終わって軍を退役したあとも、フライトを楽しむためだったが、今では、表の顔としてカリフォルニアに飛行学校を持つ大富豪という顔も持っていた。

現場が何より好きなせいで、引退するつもりはなかった。彼は、ビジネスは好きだったが、麻薬に付き物の血を見るのは嫌いだった。本来一匹狼《いっぴきおおかみ》で、誰とも組むつもりはなかったのだが、学校に生徒として現われたレディ・ファントムに、経済のイロハを教わって以来、組織の表の顔として、彼女を利用することを思いついた。

しかしトッドは、あくまでもパートナーであって、今では、麻薬ビジネスのほうは、もっぱら二人の子猫に任せていた。

彼が必要としているのは、もはやマネーではなく、冒険と、彼に相応《ふさわ》しい死に場所だった。

トッドは、松明《たいまつ》が掲《かか》げられたゾノットを三〇〇メートルほど歩き、二機のＥＣ135へリコプターが待機している整備場へと顔を出した。

レディ・ファントムとその妹は、一心不乱に整備に没頭していた。

「トッド、パソコン画面に残しておいたけれど、ニューヨークからのレポートを読んだ？」

「いや、何の話だい？」

「三カ月前、ＴＰＣから盗んで来た苗《なえ》の分析結果がようやく出たのよ。やっぱり睨《にら》んだとおりだったわ。今夜攻撃に出ます。工場ごと焼け野原にしてやるわ。貴方も行く？」

「いや、老兵は眠らせてもらうよ。昨夜も何やら煩《うるさ》くて熟睡できなかった」

「地上は何の騒ぎなの？」

「サパティスタだ。どうやら、ゴンザレスが追われているらしい。ベラスケスは今度は本気のようだ」

「米軍が帰って来たのね？」

「ああ、それは間違いない。今夜はじっとしていたほうがいいと思うがな。真上をぶんぶん飛び回られちゃ、見付かって追われる危険がある」

「連中が帰ったころを見計《みはか》らいましょう。それにしても懲《こ》りないのね。あたしたちと一戦もまみえないうちに二機も三機も失ったというのに」

「われわれが儲けすぎているということかな」

「とにかく、準備だけはしておきましょう」

トッドは、葉巻をくわえながら、引き揚げた。二人は、トッドの葉巻を毛嫌いしていた。とりわけゾノットの中でだけは吸ってもらいたくないと抗議していたが、これなしには、トッドの人生は考えられなかった。


夕方、陽が落ちるころ、ゴンザレスの一行は、東側の遺跡に到着した。あたりが暗くなる前にと、スピッツバーグは積極的に動き回った。

スピッツバーグは、ここでも、秘密の地下室を発見した。作りや、置かれていた石板は、ほとんど今朝見つけたものと一緒だった。

スピッツバーグは、その部屋に佇《たたず》み、ゴンザレスに語りかけた。

「何か感じませんか？　この遺跡……」

「しいて言えば、西側の遺跡に作りが似ている」

「似ているなんてものじゃない。左右対称です。中央にある何かを守るような構造になっています。まだ、謎を解いたわけじゃありませんが。とりわけ、ゾノットが発見できないのは痛い」

「そんなに大問題なのかね？」

「ご承知のように、このエリアは熱帯のわりには川が少ないんです。だから、最初ここに入ったスペイン人は、こんなところに文明が栄えたなんて考えなかった。それが、ゾノットの発見により、文明が成立していたことが証明された。人間は、食料と水のないところでは暮らせません。とりわけ水脈は、町が成立するための最優先事項です」

「このあたりのゾノットは、たぶん縦横に走っている。しかも、そのかなりが、人間の移動路として使えるはずだ。時々、妙なところで麻薬組織の連中と出くわすことがある。突然現われ、突然消える」

「はーん……。伝説はそれを言っているんですね。人が消える……。そうか、ゾノットの存在を暗示していたのか」

「この石板も隠すかね？」

「政府軍はここまで来れますか？」

「難しいところだな。かなりの兵力だ。連中が気付かず通り過ぎるのであれば、レディ・ファントムは黙って見送るだろう。ぶつかったら、サパティスタを追うどころじゃない」

「じゃあ、明日《あす》朝一番で隠してください」

「レディ・ファントムと話をつけるよ。連中が財宝を欲しがったらどうするね？」

「僕がいないと見つかりません。僕がいても、見つかるという保障はない。折半《せっぱん》ということにすればいいじゃないですか。連中だって、サパティスタを敵に回したくはないでしょう」

「そうは簡単に言うがね、連中の扱いはけっこう難しいんだ」

スピッツバーグは、石板を三階建ての遺跡の中に持ち込むと、松明を灯し、絵文字のスケッチを描きながら、解読に勤《いそ》しんだ。

ゴンザレスは、できればレディ・ファントムを巻き込むことなく、自分の勢力圏内で発見できればと思っていたが、ここはやむを得ないところだなと思った。

武器を購入できるだけの、急場しのぎの資金源になってくれさえすればいい。ゴンザレスとて、たいしたお宝が出るとはまったく期待していなかった。

追撃するベラスケス中佐も、暗闇に前進を阻《はば》まれようとしていた。獣道とは明らかに違う、人間が踏み固めた道路を発見することができたが、それ以上前進するのは、トラップに引っかかる危険を高めるだけだった。

「今夜は、このあたりで夜営しよう」

「ゲリラじゃありませんね……」

ロライマ博士は、マグライトを地面に照らし、這うような姿勢で、腐葉土の上や、倒木に残されたサソダル履《ば》きの足跡を観察しながら呟いた。

「これは、ゲリラじゃなく、麻薬組織の連中です。それに、ここは麻薬組織の占有エリアで、ゲリラはここには入っていません」

「どうして？」

「中佐、靴の足跡に関して語らせたら、僕より知識を持つ人間は、ＦＢＩのラボにしかいません。この足跡はですね、まず、その窪《くぼ》み具合から、相当の体重の持ち主であることが解ります。食べ物には不自由していない。だとすると、ガリガリのサパティスタじゃない。ここが、麻薬組織の占有エリアと判断した理由はですね、非常に大股なんですよ。何も警戒していない歩き方です。もしゲリラと鉢《はち》合わせする可能性があるのなら、いくら同盟関係にあるとはいっても、もう少し用心して歩くはずです。危険ですよ、ここ」

「うん、そういうことなら、ちょっとばかり後退しよう。どう考えても、敵のほうが装備は上だ。ここが連中の基地なら、逃げないだろうからな。用心が第一だ」

「それにしても変だ……」

「何が……」

「この通路は、北東へ延びている。崖ですよ、向こうは。何かをカムフラージュするためとも思えない。なんでこんな遠回りな道の作り方をしたのか……」

「連中と話してみれば解るさ」

中佐は、部隊を密集隊形に纏《まと》めながら、ゆっくりと後退させた。ゲリラより、麻薬組織のほうが手に負えないというのが、中佐の実感だった。向こうはきっと、暗視ゴーグルも装備しているし、弾《たま》もふんだんにある。防弾チョッキも持っているかもしれなかった。

どうせメキシコシティのお偉《えら》がたは、買収された後で、援護など頼もうものなら、こっちが誤爆されかねない。米軍のほうがまだ頼りになろうというものだった。

完全に陽《ひ》が落ちたころ、フル装備での夜の出撃準備に追われていたブルドッグのクルーは、地上戦はなさそうだということを知らされてほっと安堵《あんど》の溜息を漏らした。一番安心したのはダグだったが、もちろん、顔には出さなかった。

夜のフライトに、また客人が加わっていた。

気乗りしない顔のアマンダ・リベア博士は、そのクルーが日本人だということに関して、ロライマ以上に驚いた。

女性搭乗員がいることが、彼女を一瞬心強くしたが、しばらく話してみて、自分の対極にいる人間だと解った。

サパティスタにシンパシーはないつもりだったが、解放勢力を「ゲリラ」だの「テロリスト」だのと呼ぶのは許せなかった。

「リベア博士。われわれが捜索するエリアは、ぐんと狭《せば》まっています。もはや偵察衛星の力を借りるまでもありません。このスペクター攻撃機のセンサーで、充分なデータを得ることができます。とりわけ熱に関するデータを」

ダグが自信ありげに説明した。

「夜なのに、解るんですか？」

「ええ、夜のほうが好都合《こうつごう》です。太陽熱の反射が抑制されますから。それに、そこに何があるかが解っていれば、なお、簡単に見付かります。たとえば、ゾノットに関しては、こういうことが言えます。ゾノット内の空気は、地上のそれとは違い、冷えきっています。当然、その井戸周辺の空気は、ゾノットの影響を受け、周囲のジャングルより低いはずです。逆に、麻薬組織が生活しているエリアは、活動に伴《ともな》う放熱がありますから、それも探知できます」

「あの……、皆さん。魔術師のアクロポリスが、万一存在したとしても、財宝はありません。それだけは断言できます。ありもしない財宝のために殺し合うのは愚《おろ》かなことです」

「それはいいんです。われわれもたいして期待してはいません。別に合衆国政府のものになるわけじゃないですから。ただ、何かがあったとして、それがサパティスタや麻薬組織の手に落ちるのは困るんです。あくまでも予防措置《そち》とお考えください」

飛鳥は、アマンダを促してブルドッグへ乗り込んだ。どうして女って奴は、こうどいつもこいつも気むずかしいんだと思った。

四基のエンジンを次々と始動する。

「エクスプローラーを搭載していないことを除けば、ほぼフル状態だ。こんな生暖かい空気で、無事に上がってくれればいいがな」

幸いにして、滑走路の補修は終わっていたが、なんだか、ジャガイモの表面を走るような感じだった。

れいによって、二本の赤い炎が滑走路エンドを示していた。

飛鳥は、辛抱《しんぼう》に辛抱を重ねて、その炎が眼下に消え去る瞬間、「よっこらしょっと」とホイールを引いた。何しろ路面状態が悪いので、なかなか速度が得られなかった。

ブルドッグが神々の寝所へ到着すると、ロライマが、無線で歓迎した。

「こちらロライマ、バッファロー聞こえますか？」

「こちらバッファロー、博士、ご無事で何よりです。リベア博士が同行しておられます。博士、どうぞ」

アマンダは・センサー・ステーションで地面を眺めていた。

「スティーブン！　貴方、気でもふれたんじゃないでしょうね⁉」

「ああ、アマンダ、僕もなんだかそんな感じがするよ。ここにはたいして蚊がいないんだ。つまり、井戸がある気配はない。ゾノットがあるなんて信じられないよ。だが、プランダラー・ポールは、最初からゾノットを探していた。今度ばかりは、彼に完全に出し抜かれた。彼は正しかったよ」

「何が正しいっていうのよ⁉」

「つまりだね、上から探すのは困難だってことさ。でも、もし、大都市を養《やしな》うだけの巨大なゾノットを、地下水脈が結んでいたとしたら、そっちを辿《たど》ったほうが確実だ。少なくとも、まるでサイクロンフェンスみたいなジャングルを掻き分けなくてすむ」

「あんたも地中深く潜ればいいのよ！」

「そう怒るなよ。アマンダ、もし、魔術師のアクロポリスを発掘することができたなら、僕も君も歴史に名を残せる」

「私は、貴方やスピッツパーグの安全のことを言っているんです！」

「発掘調査に危険は付き物だ。そんなことはいいから、僕の言うとおりに探してくれ。僕らがいるポイントから真東へ三〇〇〇メートル、おそらく、崖っぷちから五〇〇メートルから一〇〇〇メートルのあたりにゾノットがあるはずだ。道がそっち方向へ続いている。たぶん、そこから、南東方向に、また別のゾノットがあるはずだ」

ダグが蛍光《けいこう》ペンで地図に書き留めて、飛鳥に見せた。

「了解、ロライマ博士、これより調査を開始します」

「ああ、アスカ少佐。アマンダは、センサー類に関しては素人《しろうと》です。そちらのクルーに仕事してもらってください。彼女ができるのは、考古学的アドバイスだけですから。ま、それだけでも役立つはずです」

「人が命を懸けて、貴方のためにこんな飛行機に乗っているのに⁉」

飛鳥は、言われたとおりのエリアを、トラフィック・パターンを描いて捜索し始めた。

センサー・オペレーター兼通信士の間島一曹が怪しげなポイントを次々とマーキングしてゆく。飛鳥は、それに従って、ぐるぐると旋回《せんかい》を始める。

ダグは、バーチャル・ゴーグルをアマンダに被らせた。

「リベア博士、ちょっと角度のきつい旋回に入ります。気分が悪くなったら、無理せずに吐いてください」

「こちらセンサー・ステーション、たぶん、われわれが探しているものは、目標C《チャーリー》です」

「了解、目標チャーリー上で旋回する。A《アルファ》からG《ゴルフ》までをホールドしておけ」

「了解。ホールドします」

飛鳥は、一度高度をとってから、その目標上で、かなりきつい旋回飛行に入った。

アマンダが、「わっ！」と呻《うめ》いた。

「大丈夫です。博士。危険はありません。下の観察をお願いします」

「解ってはいますけれど……」

だが、五分留まっても、何も見つからなかった。解ったことといえば、そのエリア半径一〇メートルほどが、周囲より温度が低いということだった。

飛鳥は、気乗りしない提案を行なった。

「リベア博士、あまり気乗りしないんですが、一つだけ手段があります。こいつの主砲と、二五ミリ機関砲弾で、周囲の木々の葉っぱを落として、下の視界を啓開《けいかい》できます」

「もし遺跡があったら取り返しの付かないことになります」

「もちろん、その危険はありますが」

アマンダは、今にも戻しそうだった。とにかく、何か発見しないことには、帰してもらえそうにないというのが最大の苦痛となりつつあった。

「解りました。お任せします」

「攻撃手、一〇五ミリ砲は榴弾を用意、二五ミリ砲は調整破片弾を用意しろ」

飛鳥は、一度コースアウトし、アプローチし直した。

リア・ウインドーのＨＵＤを起こして攻撃に備える。ゆっくりとアプローチしてから、旋回に入りつつ、引き金を引いた。一〇五ミリ榴弾と、二五ミリ調整破片弾が発射される。あまりの衝撃に、アマンダは、今度は「キャー!?」と悲鳴を発した。

いい気味だと、ダグは内心呟いた。

地上で、ネズミ花火が弾《はじ》けたかのように、パチパチと火花が湧き起こる。飛鳥は、一〇五ミリ砲弾五発と、二五ミリ砲弾五〇発を叩き込んだ。もうもうとした白煙があたりに立ちこめ、一瞬何も見えなくなった。

レディ・ファントムは、灯《あか》りを消したキャッスルで、その攻撃を見物していた。暗視カメラの映像は不鮮明で、攻撃の瞬間しか解らなかったが、凄《すさ》まじいの一言だった。

「トッド、どのあたりを攻撃しているの?」

「たぶん、N1エントランスのあたりじゃないか。痛いな、あそこを発見されると」

「ヘリで出るわ」

「よせ、あとあと面倒なことになる。放っておけば帰るさ。まさかこんな夜中に空挺《くうてい》降下なんぞやらんだろう。だいたい、連中は誰と交戦しているんだ? サパティスタはもっと東へ抜けたはずだぞ」

「これでおしまいにさせるいいチャンスよ。せっかく出撃準備したんですから」

「空対空の装備はしていないじゃないか。そんなことをするんなら、帰投間際《まぎわ》を狙って空爆したほうがいい」

「スティンガー・チームを明日から配備しておくわ。こっちへ向かって来た時のために、準備しときましょう」


飛鳥は、地上の煙が完全に晴れるまで近づかなかった。気分の悪い客人のために、一〇分ほど水平飛行を続けた。人間は、前後のGにはある程度耐えられるが、横方向のGや揺れには弱いという性格を持つ。初めてにしては、いささか無理な飛行だった。

「博士、ご気分は？」

「……、あと何時間ぐらいここに留まるんです？」

「ええ、見つけるものを見つけたらさっさと引き揚げます」

ほんの数十発の砲弾が薙《な》ぎ払ったエリアは、半径二〇メートルほどだった。まるで、そのスポットだけ爆撃されたように、大木の葉が綺麗《きれい》に落ちていた。

そして、バーチャル・ゴーグルを使わなくても、ぽっかりと開いた穴を覗くことができた。穴の真下で、何かが燃えていた。

「ジャングルだから見えなかったわけじゃない。きっとわざと何かでカムフラージュしてあったんだ」

「そ、そのようですね……」

ダグが、アマンダに代わり、ロライマに状況を伝えた。

「ロライマ博士、聞こえますか？　リベア博士がご気分が悪いので、私が報告します。見つけました。入り口は、上空から見る限り直径五メートルはあります。いわゆるゾノットのようです。あとで、GPSデータを送ります」

「こちら、ロライマ。でかしたぞ！　アマンダ。それでこそわがU2クラブのメンバーだ！　ダグ、そっちはまだ砲弾はあるんですか？」

「まだあるみたいですよ」

「もし、また同じようなことをする時は、可能な限り下の様子をチェックしてからにしてください。遺跡でもあったら台無しになる」

「了解、細心の注意を払います」

飛鳥は、そこから南へ下り、神々の寝所の中心部へと向かった。再び、旋回を繰り返す。

レディ・ファントムことチャン姉妹は、ヤマハの二五〇CCオートバイに跨《また》がり、ゾノットを北へ走った。

彼女らがN2エントランスと読んでいる出口に到着すると、シートを被せられた補給物資の中から、携帯式地対空ミサイル・スティンガーのケーシングを取り出し、ウインチに引っかけて、地上へと引っ張り上げた。

部下にやらせておけばよいものを、二人とも自分でやらないと気がすまない性格だった。

地上で、ミサイルの弾体を取り出し、オプティカル・サイトを組み立てると、監視用に使っている一本の木にマーガレットが登った。今度はロープで一〇キロのスティンガーを引っ張り上げる。

ブルドッグは、二度、その付近を掠《かす》めるように飛んだ。

「煩《うるさ》いハエねぇ……」

マーガレットは、スティンガーを担《かつ》いで、オプティカル・サイトがスタンバイ状態になるのを待った。

そのころには、飛鳥も地上の熱反応に気付いていた。

「間島、見えているか⁉」

「ええ、何かいます。たぶん人間です。木に登ってますね」

「接近してみる」

飛鳥は、左翼のセンサー類でよく見えるよう、コースをとった。

だが、飛鳥が目標を確認するより先に、敵がこちらをマーキングしていた。何かが地上でパッと瞬《またた》く。

本能が、避《よ》けろと命じていた。

間島が「ミサイル！」と怒鳴《どな》った時には、飛鳥は反射的にホイールを倒していた。

「何すんのよ⁉」

歩巳がホイールに取り付き、戻そうとする。ブルドッグは、急速に高度を失い、ジャングル・キャノピーが目前に迫って来る。

飛鳥は、ぐいと力を入れて、もう一段俯角《ふかく》をとると、同時にパワーをいっぱいに開いた。突っ込むと思った瞬間には、飛鳥は、ホイールを戻し、パワーにものを言わせて上昇に移っていた。だが、梢《こずえ》が胴体を叩いた。

ミサイルが、背後に突っ込む。爆発が起こり、振動が見舞った。

「各ステーション、損害はないな？」

飛鳥は、そのまま五分間、上昇を続けながら水平飛行し、基地への帰投コースに乗った。

マーガレットは、「少しは懲《こ》りてくれるといいんだけど」と言いながら降りて来た。

「命中したの？」

下からは、何が何だか、翼の一部すら見えなかった。

「敵ながらやるもんだわ。絶対回避なんかできない距離なのに、セオリーに反して高度を下げるんですもの。埃《ほこり》が舞って、手前に突っ込んじゃったわ」

「どうする？　出るの？」

「もちろん、この隙《すき》に始末をつけましょう。何なら、飛行場まで爆撃してやるわ」

二人は、ゾノットへ降りて、ヘリコプターの離陸準備を開始した。


飛鳥は、滑走路に着陸すると、屋根の下へ機体を突っ込み、エンジンを切った。

「大丈夫ですか？　博士」

「ド、ドアを開けてください……」

ダグがドアを開けてラダーを降ろすと、アマンダは、駆け降り、ブッシュの陰でゲーゲーと吐いた。

飛鳥は、ヘルメットを脱ぐと、「あんなのが飛んで来るなんてな……」と呻《うめ》いた。

「なんで、急降下なんてしたのよ。危うく突っ込むところだったわ……」

「あの距離では、フレアを撒《ま》いても効果が出る前に命中していた。下へ突っ込めば、たとえ命中しても不時着して、かなりの確率でクルーは助かる。そういう判断だ。だが、やっちゃあいかんことだ……」

飛鳥は、マグライトを持つと、機体の外部チェックに向かった。メイン・エンジンは停止したが、ＡＰＵは作動させたままで、燃料補給と並行しての弾薬の補給を命じた。

　相手が、地対空ミサイルを装備する麻薬組織となると、どんな手段での報復を招くか解ったものじゃない。今夜から、飛行場周辺を含めて万全の警備態勢をとらねばと思った。

「ダグ、今すぐ、町へ人をやってガードマンをかき集めろ。いささか、麻薬組織を刺激しすぎたみたいだ」

「僕もそう思います。警備を倍にして、周囲に陣地を作りましょう」

　飛鳥は、エクスプローラーと、ブルドッグのコクピットに、いつでも動かせるよう、常に誰かが待機しておくよう命じた。

　管制塔に入ると、アマンダが籐《とう》のソファで蹲《うずくま》っていた。飛鳥は、冷蔵庫からコーラを取って差し出した。

「最初は誰でもこんなものですが、じきに慣れます。いささかハードでした」

　アマンダは返事もなく、コーラを受け取り、からからの喉《のど》を潤《うるお》した。

　飛鳥は、衛星写真上で、攻撃を受けたエリアを再確認した。それと思《おぼ》しきものは、何も写っていなかった。

「いつも……、あんなことをやっているんですか？」

「ええ、仕事ですから」

「てっきり、輸送機に大砲を載《の》せただけと思っていたのに」

「あの機体は特別です。戦闘機並みの運動性能とパワーを持っていますから」

「死ぬかと思ったわ……」

ダグが、管制塔の外で、住民にてきぱきと命令を下していた。

「しばらくは、発掘活動は中止したほうがいいでしょう。ここいら一帯はいつ襲撃されるか解らない」

「発掘には、村人の生活もかかっています。そうおいそれと止《や》めることはできません。それに、こんな仕事でもないと、村人は山へ入って麻薬の精製作業に従事するぐらいしかありません。昨日、ここで飛行場を警備していた人間が、明日、ここを飛び立った攻撃機で殺されていたなんてのは珍しくもないことです」

「ここの麻薬は、国内では消費されないんですか？」

「質の悪いものは、メキシコシティへ流れて行きます。都市問題の一つです。でも、他に術《すべ》はないんです。麻薬でもやらなければ、貧しさを紛《まぎ》らわすこともできないですから。政府は見て見ぬふりです。だから、ここの麻薬組織掃討にも本腰が入らないんです。ベラスケス中佐という人物を個人的に嫌いはしませんが、ちょっとＣＩＡのダグさんは勘違いしているんですよ」

「というと？」

「つまり、メキシコ陸軍はエースをここに投入したわけじゃないんです。口うるさく人望もあるベラスケス中佐を、ここに追放したというのが、正しい見方です。私が、彼と接触しないのは、そのためです。ただでさえ、私はメキシコ政府にも、学会にも敵が多いですから、この上ベラスケスと話をして、中央の反感を買いたくはありません。この地方の実力者たちも、皆そう考えています。だからこそ、民衆の支持は強いですけれど」

「なるほどね」

「貴方もベラスケスみたいな、そういう口じゃないんですか？」

「いえいえ。私は、組織が嫌いというか、馴染《なじ》めない人間でしてね、自分で飛び出したんです」

「気を付けてくださいね。連中は武装ヘリも持っていますから」

「そうなんですか？　ダグからそんな話は聞いてませんが」

「半年ほど前に、精製所で急病になった住民を運んで来たことがあるそうです。見たこともないヘリコプターで、操縦していたのは女性だったという話です。どの麻薬組織かは解りませんが。あんまり悪い噂は聞きません。彼らは、アルバイトを雇う他は、サパティスタに守られて、住民との直接接触は避けているみたいですから」

状態で、うたた寝の態勢に入った。


「でも武装はしているんでしょう？」

「組織同士の抗争と、対アメリカのためでしょう」

外を見ると、ダグは、管制塔の前で、ドラム缶を積む作業を指揮していた。

飛鳥は、コーラを持ってブルドッグのコクピットへと帰ると、ベルトを軽く掛けた状態で、うたた寝の態勢に入った。


北側の崖へと続くクレバスに、オーバーハングした庇《ひさし》部分があった。

クレバス自体は、ほんの十数メートルの幅しかない。上からも、斜めからも死角になっている場所だった。

マーガレットが、コクピットの中から赤外線コマンダーのスイッチを押すと、まず、内部を隠していた。バラクーダ・ネットが巻き上げられ、続いて三本のレールが、クレバスへと延びて行く。クレバスの反対側でレールが固定されると、今度は、マーガレットが操縦するＥＣ135ヘリコプターが乗るパレットが、レールの上をクレバスまで移動した。

「じゃあ、いつものところで待っているわね」

「了解」

同じくヘルメットを被るジョディが答える。

「トッド、あとをよろしく」

「無理はするなよ」

トッドがコクピットをポンと叩いた。おまじないみたいなものだ。

マーガレットが飛び立つと、パレットが帰って来る。トッドとジョディが、滑車が付いたもう一機のEC135ヘリコプターを、帰って来たパレットの上へと押し出した。

「姉さんたら、力仕事はいつも私にやらせるんだから。これ、何とか二機一緒に載せられないの？」

「できないことはないがね、そうすると、レールやパレットの構造が複雑になる。上から発見される危険も高くなる。いい運動になるじゃないかね」

ジョディは、マーガレットから一〇分遅れで離陸した。離陸は比較的簡単だが、着陸は技術を要する。残念だが、もうトッドの年齢では無理だ。

ジョディは、高度を五〇〇フィートほどに取ると、渓谷に沿《そ》って飛んだ。神々の寝所の南西の、二人がヘブンリー・ポイントと名付けた場所で合流した。

二人とも、イギリス製の暗視ゴーグルを装着していた。

ＩＮＳとＧＰＳナビゲーターのおかげで、何もする必要はなかった。中継ポイントさえ入力すれば、適正高度を飛行し、寝たままでも目的地に運んでくれる。外が真っ暗闇だろうが関係なかった。

ジョディが、マーガレット機の背後から接近すると、コクピット・パネルの照明が微《かす》かに判別できた。

「予定どおり。もし弾薬が余ったら、飛行場を襲撃しましょう」

マーガレットは、TPCの研究棟玄関にある高さ一〇メートルほどのポールの上で回転するイルミネーションを目指して飛んだ。

七〇ミリ・ロケット弾の安全装置を解除する。渓谷地帯を抜けると、平野部地帯にTPCのイルミネーションが見えてきた。

自動操縦を解除して、高度を下げる。念のため、一二・七ミリ機銃の引き金にも指をかけた。

マーガレットは、最も良好な攻撃ポイントを得るために、工場上空を一周した。研究棟に灯りがあり、人影がこちらを注目していた。

いったん工場から離れ、プランテーションと工場の境目に積み上げられたドラム缶の山を狙って俯角《ふかく》をとった。引き金を引こうとした瞬間、研究棟の屋根で、何かがパッと瞬《また》いた。

「ミサイルよ⁉」

ジョディが叫んだ。

マーガレットが「チッ！」と舌打ちした時には、ロケット弾はもう、ランチャーから離れていた。目標から相当ずれて、畑の中に吸い込まれて行く。マーガレットは、回避運動を取りながら赤外線フレアを発射した。

高度が低いのと、ＥＣ135ヘリコプターの排熱カバーが幸いした。

ミサイルは、フレアに吸い寄せられて行った。

マーガレットは、地面を舐《な》めるように、プランテーションのトウモロコシの穂先をスキッドが触れそうなほど低く飛んでその場を離脱した。トウモロコシ畑に火が点《つ》き、炎が燃え上がる。

「もう一度、チャレンジする？」

「止《や》めておきましょう。何で研究所が、ミサイルなんか持っているのよ……」

「じゃあ、帰る？」

「いえ、米軍の飛行場へ向かいます」

マルチ・チャンネルの無線をモニターしていた間島一曹が、「ヘリです！」と警告した。

飛鳥は、エンジンの点火スイッチに指を掛けながら、「固定翼じゃないのか⁉」と質《ただ》した。

「いえ、この波の揺れだとヘリです。スクランブラーを使った通信で、二機います」

飛鳥は、ウォーキートーキーに「緊急発進《スクランブル》！　緊急発進《スクランブル》！」と怒鳴《どな》った。

コンバット・エクスプローラーのローターが回り始める。

「機長、対空ミサイルを装備していませんよ！」

沼田機付き長が、そう言いながら乗り込んで来た。

「しゃあない。まさか、夜中にヘリの攻撃を受けるなんて考えんさ」

「急いでください！　まっすぐこっちへ向かって来ます」

滑走路の南東にある山の向こうが、赤く燃えていた。

「何をやっているんだ?……。エクスプローラー、行けるか?」

「はい、行けます」

「二機いるそうだ。もっといるかもしれない。攻撃はそちらに任す。こっちは逃げさせてもらうぞ」

「了解、やるだけやってみます。でも、こちらも空対空ミサイルを搭載しているわけじゃないことを覚えておいてください」

「ああ、見えたぞ」

最後に歩巳が乗り込んで来る。

「遅いぞ！」

「軍隊ってこれだから……」

飛鳥は、機体の周囲に誰もいないのを確認した。コンバット・エクスプローラーが離陸して行く。

飛鳥は、パワーを上げて機体を滑走路上に乗せた。滑走路エンドを示す灯りも今は消えていた。二機のヘリが、互いに高度差を保ちながら侵攻してくる。

「行くぞ！」

パワーレバーを押し倒して滑走を開始する。先行したエクスプローラーが、警告の一二・七ミリ機関銃を発射した。

マーガレットは、軽く機体を捻《ひね》って旋回した。

「ジョディ、ちょっと遊んでやりましょう。こいつから先に片づけて、地上を掃除しましょう」

二人は、スペクター攻撃機が離陸態勢にあるなどとは思ってもみなかった。彼女らの暗視用ゴーグルでは、それほど遠距離までは見えなかった。

飛鳥は、その隙を突いて離陸した。すぐさまヘリの頭上に出る。

「間島、あのヘリは何だ⁉」

「待ってください。ええ……、ファンティル形式です。両翼にスタブウイング、かなり高い位置のスタブウイングです。キャビンの形状はヨーロッパのものですね。ＢＯのシリーズにも見えますが……。注意してください。たぶん最新装備です。マスト・マウントの類《たぐい》はない様子ですが」

「了解、逐一《ちくいち》敵の位置をモニターしろ」

友坂一尉は、「二機とは、フェアじゃねえな……」と呟きながら、敵を誘《おび》き寄せるように、ゆっくりと飛んだ。

マーガレットとジョディは、二機で敵のヘリを挟んだ。マーガレットが「いただき！」と叫んだ瞬間、友坂は、ノーター・ヘリの特性を活《い》かして、機体を横倒しし、左翼後方へと飛び出した。

「え⁉　何？」

マーガレットは、周囲をキョロキョロ見渡した。敵は、一瞬にして、姿を消した。左右に機体を振って上昇し始めた次の瞬間、火花がキャノピーを叩いた。

「わっ⁉」

エンジンが咳《せ》き込む。マーガレットは急下降に入り、その場をしのいだ。

「大丈夫⁉　姉さん」

「悔《くや》しいけれど、向こうの暗視装置のほうが性能がいいみたい。いったん引き揚げましょう。後ろに気を付けて」

　二人は、這々《ほうほう》の体《てい》で逃げ出した。飛鳥が操縦するブルドッグが、その後にピタリと尾《つ》いていた。

「間島、ちゃんとビデオを撮《と》っておけよ。アメリカの議会にいい土産《みやげ》になる」

　先頭を行くヘリは、煙を吐いていた。ブルドッグのIRセンサーで、ようやくそれが、最新鋭のユーロコプター・ヘリであることが解った。飛鳥は、五〇〇〇フィートほど後方上空から、二機のヘリを追った。攻撃しようと思えば、できないこともない彼我《ひが》の相対関係だった。

「どうするの？」

「もちろん、基地を突き止めるさ。案内してもらおう」

「なんで、あんな新鋭機を持っているのかしら。あれって、ヘリコプターの世界では、エクスプローラーに次《つ》いで新しい機体のはずよ」

「金持ちは何でも買えるってことだろう」

　飛鳥は、神々の寝所に近付くと、さらに距離を開いた。ヘリコプターがやがてホバリングに入り、台地の中に消えて行く。二機目が降りるまでには、しばらく時間がかかった。

「どうやら、二機同時に離着陸はできないらしい。クレバスを利用して出入りしているとは頭がいいじゃないか」

「潰す？」

「いや、地上から攻めさせよう。そこまでする義理はないさ」

飛鳥は、さっさと帰投コースに乗った。途中、偵察と称して、TPC上空を二度旋回した。幸いにして、彼らに対する攻撃はなかった。


ヘリを引き込むと、トッドは、機体の損傷を確認する前に、滑車を噛《か》ませてヘリを引きずり降ろし、ジョディのためにパレットをクレバスへと戻した。

降りて来たマーガレットは、真っ赤な顔で怒りに燃えていた。

「こんな大失敗は、ブラックマンデーで二〇万ドルすって以来だわ」

「外板は相当やられているが、キャノピーは無事みたいだ。さすが新鋭機だ」

「あたしのプライドはずたずただわ。朝までにエンジンをチェックしましょう。タービンが破片を吸い込んだみたいだから」

「やれやれ、今夜はゆっくり眠れると思っていたのに」

ジョディが降りて来て、ようやく静寂が戻った。

「大丈夫、姉さん？」

「大丈夫じゃないわよ。あのヘリのパイロット、まるであたしたちを素人《しろうと》扱いしていたわ」

「たぶん、固定武装としてセンサーを持っていたのよ。しょうがないわ。それに相手がノーターじゃあね」

「パイロットとしての、あたしのプライドが許さないわ」

「ところでお二人さん、あとを尾《つ》けられたみたいだね」

「なんですって⁉」

「スペクター攻撃機の羽音がずっと聞こえていた。連中は、君らが来ることを予感していたんだろう。明日はたぶん、朝から、ここを政府軍が猛攻して来るだろう」

「ふん、来るなら来ればいいのよ。叩きのめしてやるわ」

マーガレットは、寝る間もなく修理に取りかかった。こんなにわくわくするのは、ウォール街で相場を張っていた時以来だった。


プランダラー・ポールは、トラックに部下を分乗させて、ＴＰＣの工場へ駆けつけた。部下のほとんどが、アルコールの匂いをぷんぷんさせていた。夜中に帰り着き、ようやく一杯始めた矢先の大爆発だった。

トーマス・モンゴメリー博士が、研究棟への延焼を防ぐために、自らスコップを持って必死に土を掘り返していた。

「遅いぞ！　中佐」

「私の契約には、この研究施設の警備までは入っていないのでね」

博士は、中佐の部下にスコップを手渡し、タオルで汗を拭《ぬぐ》った。

「何があったんです？」

「突然ヘリが現われて、ロケット弾をドカンさ。スティンガーで迎撃したんだが、外《はず》れたみたいだ」

「麻薬組織ですか？」

「たぶんそうだろう。この施設の秘密が漏れたのかもしれない」

「連中に恨《うら》まれそうな善行がこの研究所で行なわれているとも思えませんがね」

「麻薬組織に殺されるんなら、学者として私は本望だが、せめて研究成果を上げてからにしてほしいものだ。君のほうはどうなんだ？　毎日帰りが遅くなるじゃないか」

「それだけ目標に近付いているということです。ゾノットを見つけました」

「何だって⁉」

火の粉《こ》が降りかかる場所での会話は、ひどく聞き取り辛《づら》かった。

「こっちで話しましょう」

プランダラー・ポールは、ＴＰＣ研究所の入り口に置かれた警備員用の長椅子に博士を掛けさせた。

「見つけたんです。ゾノットを」

「かなり巨大で、しかも深い部類に入ります。それは支流のひとつで、まだ他にも何本か支流がある様子です。私は今日、そこから地上へ出て帰って来たんです。そこは、神々の寝所の真下でした」

「じゃあ、明日明後日には魔術師のアクロポリスに辿《たど》り着けるんだな？」

「ところが、帰り際《ぎわ》、政府軍のベラスケス中佐と出くわしましてね、遺跡を発見したらしいです。規模は小さいそうですが。他にもあるらしい。その中心部には、麻薬組織が陣取り、そこを挟んでサパティスタと政府軍が睨《にら》み合っているという状況です」

「やれやれ、ここまで来て、また障害か？　どっちか、勝ち目がありそうなほうに君は乗るんだろう？」

「最終的には、そういうことになりますが、当分は心配ない。われわれが地面の下から捜索する限りはね」

「その麻薬組織が発見した可能性は？」

「なくはないでしょうね。連中がその価値に気付かないことを祈るのみです」

「急いでくれ。こんなところの火事はどうでもいい。所員だけで片づくよ。早く帰って、兵を寝かせつけろ。アルコール抜きでだ。この地域が、麻薬戦争ごときで注目を浴びるのは歓迎しない」

「井戸か？　規模は」

「解ってます」

「いざという時、君が麻薬組織と話をつけるのは自由だ。よろしくやってくれ」

プランダラー・ポールは、それから一時間火勢が弱まるのを確認してから兵を引き揚げさせた。

飛鳥が基地に降り立つと、ダグがジープを走らせて、ＴＰＣの工場まで偵察に出かけて帰って来た。

すでに鎮火状態だった。

皆が不思議に思った。なぜ、たかが農業試験場を麻薬組織が狙ったのか。

「上から見ても、研究所自体は無傷だった。何が目的だ？」

「アメリカ人への警告とか？」

「それならあり得ないでもないが……、なんかしっくりこないなぁ」

「ここにいるのは、危険だわ。陸上からの攻撃があるかもしれないから、キャビンに帰りましょう。せめて防弾仕様のキャビンのほうが安全だわ」

その夜は、朝まで結局全員が、それぞれの持ち場で、座ったまま交代で寝ることになった。

そろそろ、疲労が見舞いつつあった。

6章　ジャングル

いつにも増して、暑苦しい朝だった。朝から入道雲《にゅうどうぐも》が出ていたが、雨が降る気配はなかった。

平原技官は、ずっとブルドッグのキャビンにいて、昨夜、ブルドッグが帰還途上に撮影したTPCのプランテーションのデータをセンサー・ステーションで検討していた。

主《おも》に、熱分布データだった。平原の話によると、熱データ程度でも、穀物の実り具合を類推することができるということだった。

平原は、朝まで首を捻《ひね》りっ放しだった。

夜明け時、朝飯の準備に機体を降りた飛鳥は、「何か解ったかい？」と尋ねた。

「いえ、残念ながら、何も解らないことが解ったという程度です。トウモロコシ畑なんですけれど、何も不思議なことはありません。たぶん、ごく普通の成長過程を辿り、ごく普通の収穫量のトウモロコシです。あえて言えば、そこいらへんのトウモロコシとたいして変わりません。まあ、土地のものより収穫量は多いでしょうが、まるで、どこかで種《たね》だけ買って来て育てたみたいです」

「何のためにそんなことが必要になるんだね？」

「本業を隠すためのカムフラージュでしょう。そうとしか考えられない」

「どんな本業を？」

「見当も付きません。麻薬組織から狙われているというのであれば、たとえば芥子《けし》を駆逐《くちく》する強力な雑草だとか、そんなものですかねぇ」

飛鳥は、交代で食事を取らせると、スティンガー・タイプの空対空ミサイルを翼下に装備させた。射程がたいしたことないので、サイドワインダーほど頼りにはならなかったが、保険代わりにはなった。

疲れきった顔のダグを管制塔の軒下《のきした》に連れ出し、これからの作戦を二人だけで詰めた。

「ダグ、もう隠していることはないよな。実は麻薬組織は戦闘機まで持っているとか」

「少佐、ヘリは麻薬密輸では普通に使われます。事前に説明しませんでしたか？　戦闘機はないでしょう。これまで遭遇したことはないし、そんな滑走路は全部知れわたっている。クレバスから離陸するというわけにもいかない。それより、特筆すべきことがありませんか？」

「何が？」

「ＵＦＯですよ。昨夜は遺跡を壊しかけたのに、現われなかった」

「きっと日曜日だったんだろう。でなきゃ時間外手当が出なかったかだな」

「まじめな話、理由を考える必要があります」

「ああ、勝手に考えてくれ。それより、俺が心配しているのは、果たして政府軍には、本気で麻薬組織を潰すつもりがあるのかどうかだ」

「どういう意味です？　現にベラスケス中佐はよくやっていますよ」

「だからさ、昨夜リベア博士と話したんだ。ベラスケス中佐は左遷であって、メキシコシティでは、誰も中佐の活躍を期待していないって。もし、麻薬組織をいざ追い詰めて、政府軍に応援を頼んだ時、爆撃機じゃなく、戦闘機が飛んで来るのは困る。そいつが、俺たちを攻撃するのはもっと困る。だいたい、政府軍が頼りにならないからこそ、われわれがここにいるわけだし」

「まあ、まったくあり得ないことではないでしょうね」

「ベラスケスは、上級司令部に援護を求めたのかい？」

「いえ、そんなことはやっていないみたいです」

「じゃあ、ベラスケスとて、上を信用していないってことじゃないか。他部隊からの援護なしに行動する。そういうことだな」

「いいでしょう。それを前提条件とします」

「まず、ベラスケスにヘリの出撃ポイントを教えよう。現場に接近したら、上から援護する」

「はい。それで、しばらくはわれわれも休暇が取れるでしょう」

「連中の正体に関して何か知っていることはないのかい？」

「このエリアにいる麻薬組織は、全部で五つかそこいらです。ヘリまで持っているとなると、一番大きい奴ですね。たぶん、ボスはアメリカ人でしょう。投降したサパティスタの話では、まだ若い東洋系の美人がボスの組織もあるそうですが、私は信じちゃいません」

「お目にかかりたいもんだね。宇宙人よりは歓迎できる」

飛鳥らクルーは、朝飯を食べると、政府軍からお呼びがかかるまで、再びキャビンで仮眠を取った。今度は、キャンバスのベッドを開いて、横になっての仮眠だった。もう二日ぐらいが限界だなと飛鳥は思っていた。周囲にフェンスがあるわけでもなし、雇った住民がいつ盗賊に変身するかもしれない。満足に熟睡もできない。疲労が蓄積するばかりで、いつ重大なミスを犯すかもしれなかった。

スピッツバーグは、ロライマより一時間早く起きて行動した。西へと移動し始めたが、ほんの一〇歩歩くごとにコンパスを取り出し、方位を確認した。

二言めには、ＧＰＳさえあればと嘆《なげ》いた。

ほんの五キロも歩かずに、麻薬組織と接触できた。最初、アメリカ人はだめだと、スピッツバーグの同行を拒否されたが、ゴンザレスが強引に押し通した。

そこからさらに二キロほど歩いて、レディ・ファントムが暮らすキャッスルに出た。

「博士、調査は後にしてくれよ。これから微妙な交渉を行なわなければならんのだから」

「三〇分程度で纏《まと》めていただけるとありがたい」

二人は、一階のがらんとした部屋で三〇分以上も待たされた。円形の建物で、直径が一〇メートルほどあり、四方に大きな窓が取ってあった。

聞こえてくるのは、鳥の鳴き声ばかり、兵士が、ほんの数名いるばかりで、いずれも、隣国からのアルバイトであるらしかった。

油にまみれたレディ・ファントムが、フライトスーツのまま、どこからともなく現われ、「へまをやったのね、ゴンザレス！」と、突然、詰《なじ》った。

マーガレットは、もう一人の長身の男に気付いて眉を吊り上げた。

「アメリカ人？……。ゴンザレス！　どうしてこんなところにアメリカ人なんか連れて来るのよ。生かして帰せないじゃないの⁉」

「落ち着いてくれ、レディ・ファントム」

「落ち着けですって⁉　あなたは政府軍という災難を引き連れて来て、あたしはそのとばっちりで、米軍にここを嗅《か》ぎ付けられたのよ。貴方の戦力はどのくらいなの？」

「ほんの二個小隊。とは言っても四〇名もいない」

「罪滅《ほろ》ぼしに、そっくりお借りします」

「ああ、できる限りの協力はしよう」

驚いたのは、スピッツバーグも同じだった。てっきり、ドイツ系の太っちょのやり手婆さんを想像していたのに、出て来たのは、東洋系のまだ三〇歳代の女だった。キャリアふうのイメージだった。

「で、このアメリカ人は何者？」

「スピッツバーグと言います。ヘンリー・スピッツバーグ、ＵＣＬＡで考古学を専攻しています。考古学者です」

スピッツバーグは、なるべく相手を刺激しないよう、抑えた声で喋った。

「考古学者の仮面を着たＦＢＩ、ＣＩＡ？」

「いえ、本物です。なぜなら、私はサパティスタに誘拐された身ですから」

「そうなの？」

マーガレットはゴンザレスに尋《たず》ねた。

「新聞ぐらい、衛星で読めるんだろう？　アメリカではニュースになっているはずだ。ＵＣＬＡの先生が行方不明だって」

「なんでそんなことをするのよ⁉　ただでさえ、われわれは米軍の直接攻撃を受けつつあったのに。われわれの共存協定に対する重大な背信行為だわ」

「資金源を掘り当てようと思ってね。昔の財宝を探し出す」

「財宝？　そんなものがあるんなら、勝手に探せばいいわ」

「ここにある。少なくとも、このエリアにあると解った」

「こんなところにお宝なんてあるわけがないじゃないの。私はもう五年近くも、ここに住んでいるのよ」

「だが、君らはここを開拓したわけじゃない。あらゆるジャングルを制覇したわけじゃない。道だって途切れ途切れだ」

「このキャッスルを超える高さの遺跡はこのあたり一帯にはありません。見当外れもいいところよ」

「あの……、よろしいですか？　発言して」

「手短《てみじか》にね。昨日から突然、百年分の災厄《さいやく》があたしを見舞っているんですから」

マーガレットは、部下にコーヒーを持って来させた。自分の分だけ。途中でトッドが受け取り、いかにもただの年寄りの執事という感じで、恭《うやうや》しくカップを差し出した。

そうしてから、トッドは、壁の外の石を積み上げた椅子に背中を向けて座り、葉巻に火を点け、三人の会話に耳を傾けた。

「ここの人々は、どうやって移動しているんですか？」

スピッツバーグが質問した。

「見れば解るでしょう。ブッシュを掻き分けるのよ」

「あの……、失礼を承知で言うと、それは無理です。私の知識と経験で言うと、せめて一メートルの幅を持つ、地面を固めた道路が二本は必要になります。ここには、ただの一本もそれがない。さっき確認しました。貴方がたは、地下道を利用していますね。いわゆるゾノットを。かなり、大きな規模のゾノットが、この真下にあるはずです」

マーガレットは、一瞬目を丸くした。

「ますます生かしては帰せないわ……」

「魔術師のアクロポリスというのを聞いたことはないかね？」

ゴンザレスが尋ねた。

「あいにくと私は、マヤ文明にはこれっぽっちも興味はないの」

「一七世紀の初頭、あるスペインの探検家が、このあたりに入って聞いた話だ。天を突く宮殿や、地平線まで続く巨大な町、黄金の山、そういったものを伝え残した。残念ながら、その探検家は、浪費家でね、女癖も悪く、その話を当時まともに聞く人間はいなかった。ところが、ソヴィエト崩壊後、このあたりの共産ゲリラからソヴィエトが収奪して行った考古学上の遺品が相当点数発見された。その中に、魔術師のアクロポリスに関するものと思われるプレートが数枚含まれていた」

「そんな話は聞いてないですよ⁉」

スピッツバーグが驚いて話の腰を折った。

「君はあくまでも人質だからね、必要最小限の情報しか与えない。ソヴィエト崩壊当時、向こうの大学に留学していたサパティスタの学生数名が、解読に協力し、話を持ち帰った。そして、私は辛抱《しんぼう》強く発掘に取りかかったんだ。だがいかんせん、私には考古学の知識はない。地面を見ても、何も察知するところはない。そこで専門家に探索を委《ゆだ》ねることにした」

「委ねるなんて……」

「まあ、そういうわけでだ、この周《まわ》りに財宝が隠されていると私は考えている。もちろんたいした量は期待していない。ブラックマーケットに流して、当面武器を買える程度の収入になればいい。君たちの協力が得られれば、当然折半《せっぱん》ということになる」

「この忙しい時に……。ちょっと待ってなさい」

マーガレットは、マグカップを持ったまま外へ出て、トッドと二〇メートルばかり歩いて物陰で立ち止まった。

「どう思う?」

「ヨタな話で、裏があるとも思えない。まあしかし、何が出てくるかはともかく、半分ぐらいは信じていいだろう」

「でも、今はそれどころじゃないわ」

「政府軍の撃退に協力したらという条件を提示すればいい」

「そうね。早めに片づけましょう。ゴンザレスがこんなに早くここまで来られたということは、政府軍もその程度の移動力は持っているということだから」

マーガレットは、飲みかけのコーヒーをその場に捨てると、キャッスルに帰り、「こっちへ来なさい」と告げた。

二人が外へ出て来ると、南側の壁のすぐそばに、ぽっかりと穴が開いていた。

「ゴンザレス、貴方の本隊に伝令を走らせてください。ただちに」

ゴンザレスが、両手の指を口に突っ込み、甲高《かんだか》い口笛を吹くと、しばらくして森の奥から返事があった。

「一〇分で駆けつけるよ」

「下を案内します」

マーガレットが、先頭に立ち、壁に掛けてあった松明《たいまつ》を一本手に取って、壁の内側に沿って掘られた螺旋《らせん》状の階段を降り始めた。

三〇メートルほどの深さがあり、中央には勢いのある水が流れ、壁は数本のパイプが走っており、バイクが二台、自転車が二〇台ぐらい並べてあった。

そして、山ほどのドラム缶も置いてあった。

「僕がこれまで見た中で最大級のゾノットだ……」

スピッツバーグが感嘆の声を上げた。

「しかも地下通路を形成している。全長はどのくらいあるんですか？」

「さあ、計ったことはないし、途中で完全に水没している部分もありますから、私たちが普段使っているのは、せいぜい二〇キロかそこいらでしょう」

水の流れはかなり速《はや》く、澄んでいた。これが、蚊《か》が少ない理由だった。こんなに素早く澄んでいては、ボウフラはとても生息《せいそく》できない。

「博士、どうしてこんなに流れが速いんだ。それに、やけに澄んでいる。だいたいここは台地だぞ。なんでこんなところを水が流れているんだ？」

ゴンザレスが尋ねた。

「毛細管《もうさいかん》現象ですよ。それで、地下水脈がどんどん上へ登ってくる。しかも澄んでいる。流れが速いのは、正《まさ》しくここが台地だからです。どこか先に滝なんかもあるはずです。このあたりのマヤ人は、ゾノットを道路代わりにも使っていたんだ」

マーガレットは、まったく興味ないそぶりで、どんどん歩いて行く。

「昨日は米軍の攻撃機にゾノットをひとつ発見されて痛い目に遭《あ》ったわ」

「スペクター攻撃機かね？　われわれも痛い目に遭ったよ」

ちょっと幅の広い部分に、出荷を待つ白い粉や葉っぱ類を詰めた袋が山積みされていた。

「儲《もう》かっているかね？」

「まあまあってところね。別にお金が欲しくてやっているわけじゃありませんから」

「このゾノットは、明らかに工事が入ってますね。たぶん、数十年がかりの大規模工事です」

壁には、松明や篝火《かがりび》を置く窪《くぼ》みが掘られ、足下は、ほぼ平らに均《なら》されていた。その幅は、最も狭いところでも二メートルはあった。

「虫の類《たぐい》がいないな……」

「見つけたころはそこそこひどかったわ。でも、不思議と殺虫剤を使うほどじゃないわね。除虫菊《じょちゅうぎく》をたまに燃やすようにしているの」

マーガレットは、ほとんど走っていた。水の流れのせいか、通路にはかなりの風があった。ひんやりして、もちろん地上を歩くより数段気持ちよかった。

マーガレットは、分岐している部分で、ようやく立ち止まった。

「ゴンザレス、ここから左へ真っ直ぐ走ったところに、私たちのヘリが隠してあります。そこの入り口が発見されたんです。たぶん、上から米軍が援護して、政府軍が突入して来るでしょう。そこを守ってちょうだい」

「解った。最善を尽くそう」

マーガレットは、すぐさま踵《きびす》を返して歩き始めた。

「あの……、自転車でいいですから、一台貸してもらえませんか？」

「さっきお茶を持って来た私の秘書を監視役に付けます。それでいいかしら？」

「サパティスタからも一人付けたいが？」

「大丈夫です。私の部下は至るところにいます。あの年寄りを殺して逃げようとしても無駄ですから」

「そんなことはしませんよ。言っては何だけど、牢獄の中でしかできない学問というのもありますからね」

再び地上へ出ると、キャッスルの中に、サパティスタの兵士が集合し、トッドからお茶のもてなしを受けていた。

「トッド！　自転車でもって、この考古学者さんの手伝いをしてください。戦闘が始まったら、帰って来てね」

「了解」

トッドは、何喰わぬ顔で給仕を終え、スピッツバーグを促《うなが》して地下へと降りた。

　スピッツバーグには、聞きたいことが山ほどあった。

「ミスター、ここの生活はどうやって維持しているんですか？」

「トッドでいいじゃろ。そうさな、基本的には、ヘリで運ぶ。トラックで食料を買い込み、深夜にヘリコプターで荷揚《にあ》げする。燃料を含めてだ」

「賄《まかな》えるんですか？」

「最初は苦労したよ。だが、なんとか軌道に乗せた。全部、この地下水路があったおかげじゃが」

「この遺跡を発見した当時、誰かが、事前に発見していた形跡はありましたか？」

「いや、なかった。完全に埋もれていた」

「どういうきっかけで発見を？」

「最初ここに入った時、道案内に猟師を雇ったんだ。去年病気で死んだがね。その年寄りが、自分だけ知っている遺跡があるというので、連れて来てもらった。彼はゾノットの存在も知っていたよ。暴《あば》くも何も、ここのお城の壁半分はなかった。そんな宝物がどこかに隠されているような気配もどこにもなかった。本当なのかね？　君たちの話は」

「たぶん何かあります。もっと巨大な何かが。でなければ、説明のつかないことが多すぎる。中心部を守るように建てられた宮殿、整備されたゾノット。一万人規模の町があったことは確かです」

「あいにくと、私もレディ・ファントムも、今となっては、たいして金儲けに興味はない。スリルが欲しいだけじゃよ」

「あの人、何者なんですか？」

「ギャンブラーさ。元は、まともな為替《かわせ》ディーラーだったんだが、どうも年収一〇〇万ドルの人生に飽《あ》きたらしい。それで、スリルを求めてこの世界に入ったと聞く」

引っ張り込んだのは、トッドだが、前段部分はまんざら嘘《うそ》でもなかった。

「レディ・ファントムの由来は？」

「まるで幽霊のように、どこにでも現われる。そこから付けられた。負けん気の強い女でな」

「妙な足跡の化石とか見ませんでしたか？」

「ああ、宇宙飛行士のブーツみたいな代物《しろもの》かね？」

「ええそうです。僕は本来、それを探しにここに入っていたんです」

「物好きだな。あんなの自然の悪戯《いたずら》じゃないのかね？」

「われわれは違うと判断しています」

「これまで、全部で一〇枚ぐらい出たかな。一カ所に集めて、保管してあるよ」

「すみません、ぜひ、それから見せてください」

二人は、ループ状の階段を降りきると、自転車に跨《また》がり、さっきとは反対側に走り始めた。

ロライマに、これを見せてやれないのがつくづく残念だとスピッツバーグは思った。

ロライマは、ＵＣＬＡのメディア・ラボで見た神々の寝所付近の衛星写真を必死で思い出していた。

地図に、ダグが伝えてきたヘリの秘密基地を描き込む。

ベラスケスと一緒に黴《かび》の生えたパンを食べながら、ロライマは、地下水脈の在り処を推理した。

「もう一本深いのがあるはずだけどなあ……。でも、ここにあるクレバスの秘密基地が、ゾノットの一つの入り口であることは間違いない」

「なんでこんな高いところに、そんなに複雑で豊富な地下水脈があるんだね？」

「れいの恐竜絶滅の原因になったと言われている六五〇〇万年前の巨大隕石の衝突《ジャイアント・インパクト》が、微妙な地殻変動を誘発した可能性があります。ユカタン半島一帯に見られる地磁気異常、重力異常、石灰岩の地上にぽっかり開いたシンクホールはその縁《へり》ということになりますが」

「ここのヘリ格納庫を潰《つぶ》せば、そこから辿《たど》れるのかね？」

「ええ、麻薬組織は、たぶん地下通路を利用して、出入りしています。たぶん、その通路は、マヤ時代にも道路として利用されていたものです。おそらく、どこかの渓谷地帯へ抜ける秘密の抜け穴もあったはずです。そこはですね、その昔はわざわざ松明《たいまつ》や篝火《かがりび》を使わなくても、充分歩けるように、一〇〇メートルおき程度には、光を取る小さな穴が、地上に穿《うが》たれていたはずです」

「そこから入れないのかね？」

「もう塞《ふさ》がったあとでしょう。それより、正面からは陽動部隊を入れ、連中が出入り口代わりに使っている別の入り口を発見し、そこから本隊を攻め込ませたほうがいい」

「発見できるかね？」

「たぶんとしか言えません。それに危険です。敵は狙撃兵ぐらい待機させているでしょうから、あの攻撃機で、徹底的な捜索を先行させてからのほうがいい」

「敵は地対空ミサイルを装備している。あまり接近しての攻撃や捜索は無理だと言って来ている」

「もし、プランダラー・ポールが中心部へアクセスするゾノットを発見してくれれば、そこからこっそり忍び寄ることはできます。ただし、われわれは潜水装備を持たないので、プランダラー・ポールに全てを任すことになりますが」

「彼はたいした武器は持ち込んでいないようなことを言っていたぞ」

ロライマは、笑って首を振った。

「まさか。たちの悪い冗談ですよ。彼が身体じゅう、爆弾を吊り下げて現われても、僕は全然驚きませんね。そういう男ですよ」

「このサイクロン・フェンスみたいなジャングルで、足下だけを辿ってゾノットの入り口を探すのは、いかな貴方でも無理だ。当面は、まずクレバスに直行しましょう。それで、プランダラー・ポールが到着したら、彼と協議して、協力を仰《あお》げばいい」

「解りました。僕はあくまでも非軍事アドバイザーですから、全面的に従います」

ベラスケス中佐は、珍しく行動開始前、各小隊の小隊長と古参兵を集めて、訓辞を行なった。たとえ部隊の半数を犠牲にする結果になっても、作戦を遂行《すいこう》することを徹底させた。


そのプランダラー・ポールは、TPCがチャーターしてくれたアエロスパシアルのシュペール・ピューマ大型ヘリコプターをピストン輸送させて、兵員から数トンの武器、潜水機材を、発見したゾノットの近くに降ろさせた。

サパティスタや政府軍に宝物を横取りされる危険はなかったが、戦闘と聞くといてもたってもいられない性分《しょうぶん》だった。

プランダラー・ポールは、水中戦闘用の完全武装で、ゾノットの岸辺に立った。水に入る直前、時計を見た。午前一〇時をわずかにすぎたところだった。

スピッツバーグは、自転車で地下水脈を移動しながら、地図を描き、コンパスで位置を確認し、時折石灰岩の壁を叩いた。

トッドが、葉巻をくわえながら、興味深げにスピッツバーグの講義に耳を傾けていた。

「石灰岩が、埋没というか、溶けて出来たんです。不透水層との絶妙のバランスで、ゾノットが出来ました。マヤ文明は、ゾノットなしには語れない文化です」

スピッツバーグは、時々トッドから借りたマグライトで、天井を照らした。

天井は、地上の平坦さと比べて起伏《きふく》に富んでいた。二メートルほどの高さの通路が続いたかと思うと、三〇メートルほど、あと一歩で地上が覗《のぞ》けそうな高さのものもあった。

スピッツバーグは、自転車を押して歩きながら、そういう場所ではじっくり腰を落ち着けて天井を照らした。

「壁の色が違うでしょう？　ほら、右と左と……。昔、上から光を採《と》っていた名残《なごり》です。数百年を経過する間に、きっと土砂で埋まったんです。こういうところをいちいち掃除していけば、ライトなしに移動できるようになるはずです」

「初めてここに降りた時に思ったんだが、水が流れているわりには、湿気が少ない。苔《こけ》の類《たぐい》もなければ、もっと不思議なのは、小さな動物があまりいない。ネズミぐらいいてもよさそうなものを、当時からほとんど見なかった」

「死骸《しがい》とか見ませんでしたか？」

「ああ、それはあった。動物の白骨死体は山ほど見たよ。だが、生きているものはわずかだった」

「まず、湿気がない理由は、適度な風があるからでしょう。虫もいなかったですか？」

「ああ、虫もたいしていない。不思議《ふしぎ》と」

「おかしいですね。何か、特殊な苔か、あるいはガスが漂《ただよ》っているのかもしれない。お仲間に、ここを利用していて気分が悪くなったとか、あるいは病気になったという人はいませんか？」

「いや、特にそういうのはないと思う。だが、ここを見つけた猟師は嫌っていたな。こんなに生き物がいないのは、何かきっとよからぬ力が漂っているせいだと言っていた」

「そうかもしれませんね。力とは言わないまでも、何か動植物が嫌う物質が充満している可能性はありますね。戦闘の痕跡はありませんでしたか？」

「具体的に言うと、どんな痕跡だね」

「たとえば、武器の遺物であるとか、髑髏《どくろ》の山、火事の跡などです。つまり暮らしの跡ですね」

「特になかった。皿とか、壺とかもない。考えてみれば不思議なことだな」

「その後の劣った文明が、しばらくここに暮らし、その期間、たとえば一〇〇年ぐらい、数世代にわたって、残されたすべての消費財を使いきったということも考えられます」

トッドは、ブーツの石板を集めた場所へ案内した。ちょっとした蔵《くら》のような構造になった小部屋で、五メートル四方ほどの部屋だった。

スピッツバーグは、その一〇枚余りの石板を一枚一枚、マグライトで照らして興味深く観察した。

「発見場所とか、記録をとりました？」

「われわれは発掘屋じゃない。そんなことには興味はない。地下通路で発見されたものもあれば、地上で発見されたものもある。ゾノットに沈んでいたものもある。これがわりと多かったな。半分以上は水の中から拾い上げた」

「水の中？　他に水の中にあったものはありますか？」

「いや、なかったと思う。こんな具合に澄んでいるからね、沈んでいるものはだいたい見える。流れもあるから、泥とかが沈殿《ちんでん》することもなかったみたいだ」

「全部、くまなく歩きましたか？」

「五年がかりで、だいたい掃除は終わったつもりだが、何しろ長いのでね……。それに、天井が水の中に落ち込んでいる部分までは潜《もぐ》っていない」

「きっと、このどこかの延長線上に、魔術師のアクロポリスがあるはずです」

「そりゃあ、あるかもしれないが、もしあったとしても、墓荒らしにやられたあとだろう」

「財宝の類《たぐい》は本当になかったんですか？」

「私ゃ決してモラリストじゃない。あればとっとと売り飛ばしているが、そんなものはなかった。翡翠《ひすい》の欠片《かけら》ひとつとてね、もぬけの殻《から》だったんだ」

　スピッツバーグは、壁をボールペンで叩いてみた。

「たとえば、ゾノットとはまったく繋がっていない洞窟とかありませんか？」

「見つけてない。一度、雇った地元の農民が、猪《いのしし》を追ってジャングルに入って行方不明になる事件があってね、それ以来、基本的に地上は歩くなと命じてある。だから、あるかもしれないが、少なくともわれわれは見つけていない」

「地上の様子はどのくらい把握していらっしゃいますか？」

「案内してくれた猟師から聞いた程度だな。自分たちで探索しようと思ったことはない。とにかく、ここのジャングルの深さは常軌《じょうき》を逸《いっ》しているよ。二メートルも道から外れたら、もう元の場所に戻るのは無理だ。しかも、コンパスがしょっちゅう狂う」

「なるほど。われわれにもチャンスはあるわけだ」

「君らは人工衛星とかで調べたあとなんだろう？」

「ええ、でも、何しろ巨木はゆうに五〇メートルを超える高さですからね、そういうところに隠れている遺跡までは発見できない」

スピッツバーグは、手書きの地図を見ながら、見落としたところがないか考えた。別系統の水脈が、もう何本かありそうな気がした。まるで、人間の毛細血管のような複雑さを持っていた。


友坂一尉は、ブルドッグのセンサー・ステーションで、インターネットへアクセスし、複数のサイトから、ＥＣ135ヘリに関するデータを取り寄せた。

「ローター・マストが七度前傾していて、高速飛行時でも、前傾させることなくスピードが出せるみたいです。パワーの余裕も大きいですね。もとはＢＯのシリーズとして開発が始まったみたいですから、後ろには、クラムシェル・ドアがあります。やはり、麻薬などの物資運搬用として購入したんでしょう」

「武装は？」

「ひととおり搭載できるみたいですね。フレーム式のスタブ・ウイングで、上へ湾曲しているので、下にも武装が可能です。ただ、サイドワインダーのような中型ミサイルの搭載はないでしょう。メンテもたいへんだし」

「固定用の暗視装置などはない様子だ。それが救いだな」

「最初に、入り口を潰してしまえば、たぶん出ては来ないでしょう」

「他にも出入り口があったら？　リベア博士は、それぐらい警戒したほうがいいと言ってた」

飛鳥は、シートに座って衛星写真を眺めていた。この鬱蒼《うっそう》としたジャングルのどこかに、途方もない黄金郷があるなんて信じられなかった。

「渓谷がありそうなところを逐一チェックしたほうがいいな」

「なんでしたら、僕も飛びますよ」

「いや、またスティンガーで撃《う》たれんじゃ、ヘリは逃げようがない。こっちだって、近づくのは命懸けだからな。神々の寝所上空は、なるべくなら避けて飛びたい。待機していてくれ」

友坂は、ブルドッグを降りると、管制塔を挟んだ反対側に駐機させたコンバット・エクスプローラーへと向かった。攻撃を受けた時、両方失わないために、今は離れた場所に駐機していた。

ＣＩＡのダグは、ジープを飛ばしてＴＰＣの研究所に、ドクター・モンゴメリーを訪問していた。

三〇名ほどの農民が、警備に駆《か》り出されていた。畑のほうは、まだ燻《くすぶ》り続け、白煙がところどころ立ち昇っていた。村の男たちみんなが、どこかのガードマンとして駆り出されていたはずだった。

がらんとした玄関には、ＴＰＣの活躍を伝えるパネル写真が一〇枚ほど掲げられていた。

ダグは、そこで五分ほど待たされた後、その隣にある応接室でさらに一〇分ほど待たされた。

トーマス・モンゴメリー博士は、半ズボンにスニーカーというラフな格好で現われ、人なつっこい表情でダグと握手した。油断のない目をしていたが、昨夜から寝ていないのか、目が赤く充血していた。

「えらいめに遭《あ》ったよ、昨日は……」

「損害はどのくらいですか？」

「たいしたことはない。プランテーションの二割程度を消失した程度だ」

「ミサイルで迎撃なさったみたいですね？」

「ああ、何しろ、こういう物騒な地域なのでね、いろいろと安全には気を遣っている」

「連中が、ここを攻撃した理由に心当たりはありますか？」

「いや、あいにくとない。まあ、メキシコ人民を豊かにするプロジェクトを研究しているとなれば、連中の勘に触《さわ》ることもあるだろう」

「博士、このあたり一帯の麻薬組織の殲滅《せんめつ》活動が佳境に入っています。しばらくは、敵が無茶な攻撃を仕掛けてくる危険もあります。一時的に研究員を避難させたほうがよいかもしれません」

「それは、ＣＩＡとしての警告かね？」

「いえ、個人的な警告です。私のここでの任務は、麻薬組織の壊滅と、誘拐されたアメリカ人の救出だけですから、企業秘密に属するであろうこの研究所の研究内容などに関しては、興味もありません。ただ、われわれの攻勢で反撃に出た麻薬組織の報復の道連れにされたとしたら、ＣＩＡとしては、申し訳ないとしか言いようがありませんから」

「気に病《や》むことはないさ。幸いにして人的犠牲はなかったし、もし、村人との会話の中で、サパティスタや麻薬組織に関する情報を入手できたら、そちらへ教えるようにするよ。麻薬は人類の敵だ。われわれの研究が将来実を結べば、人々は貧困から解放され、君たちの仕事も楽になる」

「ぜひ、そう願いたいところです」

ダグは、役人面《づら》しての会話に徹した。飛行場に、TPCの監視のスパイが張り付いていたことにも触れなかったし、プランダラー・ポールと研究所の関係についても質問しなかった。

CIA本部《ラングレー》に問い合わせたい気持ちはやまやまだったが、もっと証拠を摑んでからでないと、政治的圧力がかかり、この掃討作戦自体の中止命令が下りる可能性すらあった。

「その不埒《ふらち》な連中の掃討にはめどがついたのかね？」

「ええ、最大勢力のアジトをついに突き詰めつつあります。ここ二、三日じゅうに決着を付けたいと思っています」

「うまくいくといいね。毎日の警備費用もバカにならないし、何より農民が麻薬栽培で糧《かて》を得るというのは不幸なことだ。ところで、君らがいる飛行場に、日本の研究者が一人いるみたいだが……」

「ええ。ご存じだと思いますが、政府の研究所のジーン・ハンターです。やっていることは、奥地へ入って珍しい種《たね》や苗《なえ》を日本へ送るぐらいです。ここの規模に比《くら》べれば、細々としたものですよ」

「知っていると思うが、世界は今種子戦争のまったただ中にある。アメリカの政府機関が、外国の研究家に便宜《べんぎ》供与《きょうよ》するような事態を私は歓迎しない」

「無論です。実は彼と私は、長い付き合いでして、互いに助け合うこともしばしばありました。今回、軍の都合で一時的な撤退を余儀《よぎ》なくされた時に、彼に留守番を頼みました。互いのビジネスに干渉や便宜供与はありません。お互いプロですから、ご安心ください」

「うん、そういうことなら、非礼を詫《わ》びよう」

ダグは、「もし何かあったら、いつでもご連絡を」と告げて、研究所をあとにした。

平原は心配していたが、ダグは、この連中の研究で何かの災難が起こるとはとても考えられなかった。

ベラスケス中佐は、クレバスに近づくと、犬が吠えないように猿ぐつわを噛ませ、GPSナビゲーターで位置を計測した。

地図に自分たちのポジションを書き込む。それにしても、凄《すさ》まじいジャングルだった。木が高いのに、よくもこんなに下生《したば》えが育つものだと思った。きっと、渓谷地帯から吹き上げてくる湿気を含んだ空気のせいだと思った。

「ちょうど真東へ一〇〇メートル前進したところに、そのヘリコプターの秘密基地があるはずだ。クレバス自体は七〇メートルほどの長さしかない。われわれは、まず、両翼から、挟み込んで前進し、攻撃を開始する」

「僕の推測どおりならですね、このあたり、つまりクレバスから南へ一〇〇メートルほど下がったあたりに、光を採るための穴が開いているはずです。もちろん、土砂が堆積《たいせき》してとても発見はできないと思いますが。せめて地中レーダーを持ち込めれば探せるんですけれどね」

「ここか、あるいは昨日スペクター攻撃機が開けたゾノットか、どちらかからしか地下へは入れないだろう。慎重にやれば何とかなるさ。背後を注意しよう。われわれは完全に敵の勢力圏内にあって、敵は地下道を使って自由にわれわれの背後に出現できる」

ベラスケスは、部隊に前進を命じ、敵と接触した場合、躊躇《ためら》わずに交戦するよう命じた。そして、一時間以内に戦闘が始まる旨《むね》を伝えて、ブルドッグの支援を仰いだ。

守る側のゴンザレスは、レディ・ファントムの指示で、部隊をゾノットごとに分散させていた。

ゴンザレス自身は、ヘリコプターを移動させるパレットの上にいた。カムフラージュ・ネットが降ろしてあるせいで、中はそれほど明るくはなかった。

「ヘリはどこに移動したんだね？」

「内緒。この水脈にボートを浮かべて別のヘリポートに移動しました。考えてみれば不思議よね。サパティスタがここの存在を知らなかったなんて」

「われわれマヤの末裔《まつえい》にとっては、神聖な場所だ。そうおいそれとは近寄れなかった。たった二機とはいえ、われわれの戦力になってくれれば、大きな力になったのに」

「それでどうする？　政府軍の宿舎でも襲撃する？　ゲリラは、その存在自体に意味と価値があるんでしょう？　たいした兵力もなしに虎の尾を踏んだら、痛いめに遭うのがオチよ」

「ま、それはそうだが」

「貴方は、老衰で死ぬまでこんな展望のない戦いを続けるつもりなの？」

「はっきり言う……」

「私は、政治的信条とか持つ人間は嫌いなのよ。私の両親は、台湾《たいわん》からの移民で、子供たちを食べさせるのに必死だった。政治っていうのは、裕福で暇を持て余した連中が、庶民を駒代わりに楽しむゲームだと教わったわ」

「ゲームじゃない。ゲームなら、私も知っている。石油のゲームをね。なかなか楽しかったよ。だが、ある日気付いたんだ。これは自分が楽しむためのゲームであって、民衆を豊かにするためのものではないとね」

「民衆なんて、役にも立たない連中よ。搾取《さくしゅ》され、安っぽい十字架を残して死ぬだけ。シャワーからベッドルームまで、ロイターのポケベルを持ち歩いて暮らしていたころ、私はふと思ったのよ。他人の相場を気にして暮らすなんてばかばかしいと。だから、私はここで暮らしている。自由にね」

「誉《ほ》められたことじゃない」

「そうかしら？　私はこの一帯で、一〇〇名に達する周辺諸国の成人男子や女子を雇い、職を与えている。パートタイムや、その家族まで含めれば、優に一〇〇〇人を超える人間を養っているのよ。貴方は、サパティスタの名において、誰かを救った？　誰かに職を与えた？　たまに外資系の企業を襲撃して、経済の貧困を招いて、庶民をさらに貧しくしただけじゃない」

「正義を達成するためだよ、レディ」

ゴンザレスは静かに言った。

「貴方は、そうやって葛藤《かっとう》している。でも私は違うわ。自分のやっていることに迷いはないもの」

「君も、私ぐらいの歳《とし》になれば、あれこれ少しは葛藤するようになるよ。幸か不幸か、人生は迷路のように複雑だ」

突然、アサルト・ライフルの発砲音が鳴り響いた。連続した音だった。

「崖側のようね。きっと東側へ回り込もうとしたんだわ」

「じゃあ、ちょっと行ってくるよ」

ゴンザレスは、レディ・ファントムから供与された新品のＭ16Ａ２小銃を持って、クレバスへと出て行った。

「契約はきちんと履行《りこう》してね」

「ビジネスのルールは守るつもりだ」

カムフラージュ・ネットを潜《くぐ》って外へ出ると、その空間だけ眩《まぶ》しい陽光が降《ふ》り注《そそ》いでいた。

マーガレットは、トンネル内のサイレンを鳴らすと、敵の背後へ出るゾノットへ、手兵を移動させ、自分はバイクでもう一つのヘリポートへと向かった。

スピッツバーグは、地下水脈が南へ消えて行く先端部へと向かっていた。そのあたりは、ほとんど倉庫として利用されているだけで、燃料を入れたドラム缶が置いてあるだけだった。

微かにサイレン音が聞こえてくる。

「あれ、もう始まったのか。そろそろ引き返そう」

トッドが自転車のブレーキをかけ、スピッツバーグに止まるよう告げた。

「あとどのくらいですか？」

「一〇〇メートルかそこいらだが、別に何があるというわけでもない。また後で来ればいい」

止まったスピッツパーグは、しばらく、トッドの葉巻の煙を眺めていた。

このあたりまで来ると、風が淀《よど》んでいるせいで、煙はまっすぐ天井へと立ち昇って行く。

「ちょっと……、待ってください。動かずに」

スピッツバーグは、その煙が流れて行く方向をマグライトで照らした。天井に達した煙が、しばらく天井を這《は》った後、また側壁へと降りて行き、苔の生える壁の中へと吸い込まれて行く。

「なんだこれ？……。亀裂《きれつ》が走っているぞ」

スピッツバーグは自転車を捨て、近づいて観察した。天井近くの二メートルほどの高さの位置に、長さにして二〇センチぐらいの亀裂が走っていた。だが、苔があるせいで、亀裂自体は、探さないととても見えるような大きさではなかった。

「知ってました？」

「まさか。こんなのが目に入るもんかね。それに、この中で煙草《たばこ》なんか吸うことを許されているのは私ぐらいのものだ」

トッドは、葉巻をその近くに寄せてみた。かなりの風があった。

スピッツバーグが、マグライトでコツコツと叩いてみる。

「空洞です。この向こうは空洞になっています！」

スピッツバーグは、空のドラム缶を持ち上げ、斜め方向から思いきり側壁へ投げつけてみた。壁が大きくくぼみ、何かの漆喰《しっくい》に閉じ込められていた石ころが動いた。それを手で掻き出すと、真っ暗な空洞が顔を覗かせた。

地面に這い、マグライトを突っ込んでみると、反対側の壁を見ることができた。絵文字らしきもので、いっぱいに埋め尽《つ》くされていた。

「伝書の間。今で言う、図書室です。すみませんが、トッドさん。僕はここで、しばらく調査します。このマグライトを貸してください。それと、誰かに松明も持って来させてください」

「風があるということは、地上への入り口もあるってことだろう？　そりゃ困るよ。逃げられる」

「もし、政府軍が貴方がたを圧倒するようなことがあったら、躊躇《ためら》わずにそうさせてもらいます。でも、僕一人でこの真上へ出ても、こんな深いジャングルから脱出するのは無理ですよ」

「まあ、そりゃあそうだが、いいだろう。女を一人見張りに遣《よこ》す」

トッドは、自分のマグライトを預けると、自転車を飛ばして帰って行った。

スピッツバーグは、ようやく人一人通れるだけの穴を確保して、中へ潜り込んだ。

マグライトで周囲を照らすと、円錐《えんすい》形の小さな部屋の壁一面に、絵文字が彫り込まれていた。天井に、一〇センチほどの穴があり、空気はそこへ吸い込まれていた。

スピッツバーグは、絵文字の全体像を把握してから、スケッチと解読作業にかかった。彼が、これまで見たいかなる絵文字や神聖文字とも違うスタイルのものだった。


地上では、激しい戦闘が始まろうとしていた。

ベラスケス中佐は、左翼側で発生した戦闘の指揮に、ペレンケ中尉を派遣した。

「たぶん、向こうは背後からの攻撃を心配する必要はない。前進あるのみだ。間もなく米軍の援護もあるだろう」と励《はげ》ました。

時々、手榴弾の炸裂《さくれつ》音が混じるようになった。

「こちらの手榴弾ですか？」

さすがに普段は無茶なロライマも、今は不安げに背後を気遣《きづか》っていた。

「いや、向こうのだろう。こんなブッシュ地帯で無茶な奴らだ。たぶん、武器弾薬は豊富なはずだ。われわれが負ける要素があるとしたら、それだけだな。武器を横流しする兵士は多い。うちの軍隊じゃ、部隊ごと麻薬組織と商売しているのも珍しくはないからな」

「夕方までに何とかなりますかね」

「あの化け物みたいな攻撃機が、ちゃんと働いてくれればね」

飛鳥は、ダグを乗せてから飛び立った。神々の寝所の北側へと飛行し、東側から進入する。進入は、常に東側からだった。なぜなら、ブルドッグのセンサー及び攻撃兵器は、左翼側に配備されていたからである。

ダグが、地上のベラスケスを呼び出した。

「中佐、スモーク・グレネードを、敵の中に放り込めますか?」

「無茶を言わんでくれ。枝にぶち当たって、撥《は》ね返ってくるのがオチだ」

「では、とにかく最前線で焚《た》いてください。そこから目見当で、敵の位置を計ります」

しばらくすると、ペレンケ中尉が、どうにか三〇メートルほど先のブッシュの中に、スモーク・グレネードを放って爆発させた。発生した白煙のほとんどは、森の中で吸収拡散して、上からはほとんど見えなかった。

「ひどいもんだな……、まるでマッチの煙程度にしか見えないぞ」

飛鳥は、その南側五〇メートル程度に狙いを定めて、一〇五ミリ砲弾と、二五ミリGAU—12/Uガトリング式機関砲弾を叩き込んだ。

ブルドッグの攻撃が巻き起こす埃《ほこり》は凄まじいものがあった。半径五〇メートルほどのエリアから、一斉《いっせい》に煙が湧き上がった。一〇五ミリ榴弾が撃ち込まれたあたりは、一瞬、空気が震え、衝撃波が丸い輪っかとなって、周囲の木々を震わせた。

「全員、スティンガーに注意しろ！　どこから飛んで来るか解らないぞ」

「敵は、あたしたちの尾行に気付いていたみたいね」

一人右翼サイドを監視する歩巳が呟《つぶや》いた。

「どうやらそうらしいな。となると、ヘリはもうどこかに飛んで行った可能性もある」

「政府軍が一〇キロ圏内にいたんですから、それはないんじゃないの？」

飛鳥は、一撃加えて離脱すると、すぐさま右翼へ切り返して再攻撃に移った。

「あるいは動けないかね」

「そんな楽観主義は嫌いでね。とりわけ飛んでいる時は」

ブルドッグは、五分もかけて旋回し、二回目の攻撃を加えた。今度は、クレバスの、わずか二〇メートル手前だった。


ゴンザレスは、目の前で直径一メートルはありそうな巨木が、まっぷたつに裂けるのを見た。覚えているのはそこまでで、気が付いた時には、葉っぱや泥や枝や、ありとあらゆるゴミが背中に降り積もったあとだった。枝を払って起き上がると、目の前に、誰かの千切《ちぎ》れた腕が転がっていた。

「下がれ！」

ゴンザレスは、自分が怒鳴《どな》った声が聞こえなかった。ひどい耳鳴りがしていた。起き上がった途端、バランスを崩してこけた。

「下がれ！　地下道へ下がれ！」

ゴンザレスは、足下を取られながら、負傷した部下を抱きかかえてクレバスへと下がった。

7章　アクロポリス

マーガレットは、ゾノットの天井を開けるための、爆薬に点火した。ほんの小さな爆発が起こり、天井が一瞬にして落下した。その大部分は、ネットの上に敷き詰められた一〇センチほどの厚みの土だった。

ゾノットに落ち込んだ土が流されて行く。トッドが、ネットだけ回収しようと、杭にネットの端を引っかけた。

マーガレットは、ひどい埃《ほこり》をものともせずに、川上に係留《けいりゅう》していたボートを押し、ゾノットの中心部で固定した。

そこは、本来はいざキャッスルを捨てるという時、脱出用へリポートとして整備していたところだった。

「まったく、君って女は辛抱《しんぼう》がないんだな……」

「たかが輸送機ごときに好き勝手なことはさせません。昨日の敵《かたき》を取ってやるわ」

「まあ好きにするがいい。向こうだって、今日は対空ミサイルぐらい搭載しているだろう。気をつけたまえ」

「撃たれる前に撃つわ」

「真っ直ぐ上がるんだぞ。いかにパワーがあると言っても、ローターが枝を噛んだら、即墜落だ」

「解ってます！」

最後には、マーガレットは、憮然《ぶぜん》とした顔で怒鳴り返した。

「あたしの、レディ・ファントムたる所以《ゆえん》を教えてやるわ」

トッドとジョディは、ローターの風圧から逃れるため、五〇メートルほど下がった。さすがのジョディも、こんなところから離陸しようとは思わなかった。

マーガレットは、何の躊躇《ためら》いもなく、思い切りよくパワーを上げて、真っ直ぐ離床した。

トッドが湧き起こる風圧と埃に耐えながら、「マーガレットのよさは、何と言っても、あの踏ん切りのよさだよなぁ」と呟いた。

ＥＯ135は、そのパワーにものを言わせてあっという間に空中にポップアップした。

マーガレットは、薄暗い空間から、突然空中に飛び上がったため、一瞬目眩《めまい》に襲われた。

周囲を見渡すと、右翼前方に、攻撃を終えて旋回するスペクター攻撃機がいた。距離にして、一〇〇〇〇メートル近くもあった。マーガレットは、高度を落とし、すぐさま前方の渓谷地帯へと突っ込んで行った。

ブルドッグでは、後方の武器員が、その豆粒のようなヘリのポップアップを見つけていた。

「ヘリです！　クレバスじゃない、別のところから出たみたいです」

「サンダーバードの秘密基地かよ!?　こいつらは……。どっちへ行った？」

「解りません。渓谷地帯へ降りたようにも見えましたが」

「一機だけなのか？」

「はい、見えたのは一機だけです」

「二機めはどこだ？」

「被弾したのは飛べないんじゃないの？」

歩巳がコクピット・ガラスにへばりつきながら呟いた。

「油断ならん奴らだ。俺はそうは思わない。スティンガーで攻撃する。チャフ・リリース用意」

飛鳥は、敵の裏をかいて、上昇しながらかなり手前で右旋回に入った。機体を傾けると、渓谷でホバリングする敵のヘリがいた。

相対距離は七〇〇〇メートルと出ていた。普通なら、スティンガーの射程外だ。だが、飛鳥は、速度を殺してヘリの真正面に向き、スティンガー・ミサイルを放った。撃った瞬間、旋回して離脱する。

スティンガーは、まっすぐ目標へと向かって行った。下への攻撃では、重力に逆らわずにすむ分、それだけ射程距離を稼《かせ》げる。

マーガレットは、チャフを撒《ま》くこともなく、さらに高度を落とし、機体を横滑りさせながら移動を始めた。スティンガーが、その埃の中に突っ込んで行く。

「あら、頭がいいのね。あのパイロット」

「度胸もいいらしい。さてどうしたもんかな……」

「エクスプローラーを呼んだほうがいいじゃないの？」

「それはそれでしゃくだ」

今度は、マーガレットが行動を起こした。ブツの輸送で何度も飛んだクリッパー・バレー、彼女がヴァージン・ロードと名付けた幅五〇メートルもない渓谷に突っ込むと、ひたすら北へと飛んだ。敵が尾《つ》いて来れるよう、時々頭を出してアピールした。

飛鳥は、その上空から、下を見下ろした。

「あの腕、スカウトしたいぐらいだな」

パワーを上げて前方へ出ると、五〇〇〇メートルほどの距離から、ヘリ前方の渓谷を狙って、一〇五ミリ榴弾を二発お見舞いした。

岩肌に激突した瞬間、衝撃の破片がマーガレットを襲った。だが、一瞬早く機体を引き起こし、マーガレットはループを描いて、ブルドッグをオーバー・シュートさせた。それから、パワーにものを言わせて上昇する。

歩巳は、後ろを振り返りながら、「何やってんのよ⁉　後ろを取られたじゃないの⁉」と喚《わめ》いた。

飛鳥は慌てず騒がず、パワーを上げてどんどん上昇し始めた。背後からミサイルが襲って来る。だが、飛鳥はフレアを発射することなくしのいだ。一〇〇〇メートル以上も手前でミサイルは推力《すいりょく》を失い、地面へと落下して行った。

「場所が悪すぎる。この勝負、互角だな。根負《こんま》けしたほうが墜《お》ちることになる」

「なんとか策を考えてよ！　いつまでも、あんなチンケなヘリと遊んでいる暇はないんですから」

「しょうがない。エクスプローラーを呼んで挟《はさ》み撃ちにしよう」

コンバット・エクスプローラーは、二分も経《へ》ずに離陸した。

洞窟を進むプランダラー・ポールにとっては、戦闘の状況は何も解らなかった。何も関係なかった。この台地にいる、彼のチームだけが、われ関せずで行動していた。

ほとんどの水脈は、ボンベを使わず移動することができたが、時々、一〇分ほど冠水しているエリアがあった。ただひとつ確かなことは、東へと移動していることだった。

ベラスケスが話していた、麻薬組織のアジトの中心部分へ向かっていることは確かだった。

彼も、地中レーダーを持って来るべきだったと後悔していた。

プランダラー・ポールは、かつては地下通路として使われていたはずの空間へ抜けると、装備を外し、考古学的な調査に入った。

水路を挟む二本の通路の幅はどちらも二メートル近くあり、平らに均《なら》されていた。積もった塵《ちり》の量はたいしたことはなく、動物の死骸が少ないのが気になった。

「みんな生き物を探せ。蜘蛛《くも》でも何でもかまわない」

ネズミの骸骨が微かにある程度だった。移動できた距離は一〇〇メートルほどで、両端は、いずれも水没していた。

マグライトで照らすと、水面に、ブーツの石板が落ちていた。落ちていたというより、置いてあった。

この文明が崩壊して以来、誰も入ったことがないのは明らかだった。

「たった一〇〇メートルしかない。道路としては、いささか無駄ですね」

キリンバス伍長が、天井を照らしながら言った。

「ゾノットはどこだ?」

「北端に、それらしき痕跡がありますが、土砂が堆積していて出るのは無理ですね。

不思議なことに、木の根が露出しているんですが、完全に枯れています」

「ゲジゲジ一匹とていない。変だぞここは。ガスを採取しておけ」

「何のために、たった一〇〇メートル整備したんでしょう?」

「それだけの人口を抱えていたんだろう。ここは南端だからな。町があったと思われる中心部からだいぶ離れている。あるいは、下流に当たるここを、洗い場か何かの専用施設として作ったか。いずれにせよ、お宝は、もっと北東ということになる。もしゾノットを発見したら、上へ顔を出すこととしよう」

プランダラー・ポールは、そこで昼食をとり、更に東へと向けて歩き始めた。支流から支流へ、まったくの迷路だった。


コンバット・エクスプローラーが到着するまで、飛鳥は、敵に対して付かず離れずの距離を保った。

友坂一尉は、クリッパー・バレーへと直進し、渓谷の中を南下するかたちをとった。

「こちらエクスプローラー、機銃での攻撃を試《こころ》みます」

「任す。そっちへ誘《おび》き寄せるぞ」

飛鳥は、わざと高度を落とし、渓谷でホバリングするEC135の前へ躍《おど》り出た。敵のヘリが釣《つ》られて前方へ出て来る。

「エクスプローラー、もう二〇〇〇メートルほどだ。カーブに潜《ひそ》んでいろ」

「了解」

友坂は、エクスプローラーを渓谷がくびれた部分に入れてホバリング状態に入った。

マーガレットは、右上の視界にスペクター攻撃機を捉《とら》えながら、彼女がヴァージン・ロードと呼ぶ渓谷地帯を北上した。ここなら、夜でも同じスピードで飛べるほど、彼女は馴染《なじ》んでいた。

彼女は、クールだった。

前方に、埃が舞っているのが見えた。下からループを巻くように風が起こっている。ヘリがホバリングしている証拠だった。

マーガレットは、その場でポップアップし、ロールを打つと、敵が見える前に一二・七ミリ機銃の引き金を引いていた。

飛鳥が警告する寸前に、エクスプローラーの頭上に、機銃弾が降り注いだ。友坂は、真上からループを打って落ちてくる敵機に一瞬怯《ひる》んだが、コンバット・エクスプローラーの堅牢《けんろう》さに救われた。すぐさま機体を横滑りさせ、反対側の壁に激突する寸前、地面効果を利用して、今度はまた反対側へとジャンプした。ＥＣ135が、後方へと抜け、姿勢を戻す。

「女ですよ⁉」

コーパイの若松二尉が叫んだ。

「何が⁉」

「パイロットがですよ！」

「今言わなきゃならん問題か⁉」

友坂は、くるりと反転しながら、機銃弾をお見舞いした。敵がポップアップし、渓谷の上へと脱出する。

友坂も上昇する。お互い、機銃はともかく、とてもスティンガーの照準を定められる状況ではなかった。

「こっちが圧倒しているはずなんだけどなあ……」

だが、とてもそうは見えなかった。


一方のマーガレットも、そろそろ疲労がピークに達しようとしていた。ここいらへんが潮時だなと思った。背後を気にしながら、時々渓谷を利用し、神々の寝所へと帰還する。台地に乗った瞬間、フレアを放出し、ゾノットの真上でピタリと機体を止め、そのまま一気に降下した。

「ブルドッグ、追いますか？」

「いや、止《よ》せ。あそこの周りには、十重二十重《とえはたえ》の防空網があるはずだ」

「凄い腕ですよ。惚《ほ》れ惚《ぼ》れします」

「いったん帰還して損傷箇所をチェックしろ。今日は長い戦いになりそうだ」

飛鳥も、一度地上に降りたい気分だった。バックシートのダグは、青い顔で、今にも吐きそうだった。

「ダグ、一度帰還するかい？」

「ちょっと、状況を聞きましょう。無線を繋いでください。コヨーテ、コヨーテ、こちらバッファロー。状況を知らせよ」

三〇秒ほどしてから、ベラスケスが出た。

「こちらコヨーテ、今、クレバスのカムフラージュ・ネットを見下ろす場所にいる。これから突っ込むところだ。あのネット部分だけでも、破壊してもらえると助かるんだが」

「了解した。一回だけ攻撃を加える。幸運を祈る」

飛鳥は、頷きながらコースをとった。

「一二〇ミリ・ロケット弾をぶち込みましょう」

「いや、あれは無理だ。ロケット弾は目標を絞れない。たぶん、半分は政府軍の真上に突っ込むことになる。それに、クレバスは南北に走っている。神々の寝所に突っ込まない限り、真正面からの攻撃はできない。効果は薄いが、一〇五ミリ砲でやるしかない」

飛鳥は、クレバスがほんの一瞬垣間《かいま》見えた瞬間、一〇五ミリ砲を叩き込んだ。ネットが爆風で吹き飛び、薄暗い中が微かに確認できた。人間の姿はなかった。

ベラスケスは、まず一個小隊を突撃させた。敵の反撃は、まだそこではなかった。続いて、ロライマに、自分が安全を確認するまで、絶対、ここから動かないよう伝え、本隊を率《ひき》いて突っ込んだ。

ゴンザレスは、そのころには、部隊を引き連れて別のゾノットから脱出し、政府軍の背後に迫りつつあった。

機体から降りて来ると、マーガレットは、「フェアじゃないわ……」と呟いた。

「スペクターと、もう一機のノーターの二機で攻めて来るんだもの」

「無事なだけ自分の幸運を喜びなさい」

ジョディが、真上の空間を気遣《きづか》いながら慰《なぐさ》めた。

「トッドはどこ？」

「N1エントランス。政府軍が入って来たわ。しばらく時間稼ぎしてくれるでしょう」

「ゴンザレスはあっさり明け渡しちゃったの？」

「彼は、地上に出て、背後から挟み撃ちにするみたいよ。どうする？」

「もちろん、あのヘリだの攻撃機だのが近づいたら、また叩き落とすだけよ。地上から、空からもね。ダマリオ将軍の口座に、すぐドルを振り込んで、支援を求めましょう。一〇万ドルあればいいかしらね。とにかく、あの攻撃機の存在は、政府軍に安心を与えているから、一刻も早く撃墜しないと」

遠くで、銃声が響いていた。


ロライマ博士が気付くと、隣にいた兵士がうっと呻《うめ》いて前方につんのめっていた。銃声がしたはずだが、ほとんど記憶になかった。

次の瞬間には、背中を何かで突かれ、仰向《あおむ》けにひっくり返されていた。白髪の男が、寝転がされたロライマの横に腰を屈《かが》め、ゲリラたちに命令を下していた。

「ロライマ博士ですね？」

指揮官らしい男は、前方のクレバスを見つめたまま、流暢《りゅうちょう》な英語で尋ねた。

「え、ええ……」

「サパティスタのゴンザレスです。コマンダー・ゴンザレスです。スピッツバーグ博士が、おそらく貴方の協力を必要となさっています」

ロライマは、寝転んだまま、「見つけたんですね⁉　魔術師のアクロポリスを」と叫んだ。

「いや、だが、近くに迫っている」

「行きましょう！」

「ちょっと待ってくれ。ここを確保してからだ」

遠くで、ブルドッグの羽音が聞こえていた。ゴンザレスは、ロライマが持っていたウォーキートーキーを、差し出した。

「上へ連絡したほうがいい。でないと、味方の砲撃で死ぬ羽目になる」

「ああ、はい」

ロライマは、震える手でウォーキートーキーのプレストーク・スイッチを押した。

「ダグ、ダグ！　こちらロライマです」

「こちらダグ」

「その……、申し訳ないんだが、敵の捕虜《ほりょ》になった。クレバスの上です。しばらく攻撃を止めてもらえると助かります」

返事が返って来るまで、一分以上も待たされた。

「ゲリラの要求はありますか？」

ロライマは、ゴンザレスの顔を見た。

「他国の紛争に介入してほしくはない。それだけだ」

ゴンザレスは、自ら答えた。

「ロライマ博士。幸運を祈ります。アウト――」

ゴンザレスは、クレバスを包囲すると、自らはロライマを連れてさっさとゾノットへ引っ込んだ。ゴンザレスにとっては、政府軍の殲滅《せんめつ》より、財宝の捜索のほうが優先事項だった。


ベラスケス中佐は、それどころではなかった。薄暗い水路に突っ込み、嫌がる部隊を前進させるのが精一杯だった。時々、手榴弾《しゅりゅうだん》が暗闇から飛んで来た。光を背負っている分、入り口ではこちらのほうが不利だった。

中佐は、全弾撃ち尽くすつもりで、連射しながら部隊を突っ込ませた。

飛鳥は、ブルドッグを帰投させた。着陸して燃料弾薬を補給し、ただちに引き返すつもりだった。

ゴンザレスは、オートバイのバックシートにロライマを乗せ、地下道を疾走《しっそう》した。

途中、トッドにスピッツバーグがいる場所を教えてもらった。

バイクで五分ほどの距離だったが、ロライマは、途中三度も「歩かせてくれ！」とアピールした。

これでは、何の研究もできなかった。

スピッツバーグが乗っていた自転車が捨てられたところに、みすぼらしい格好をした少女が、不安げに松明を掲《かか》げて見張っていた。

ロライマは、小さな破口に身体を突っ込み「スピッツバーグ！」と声をかけた。

「遅かったじゃないか⁉　相棒」

スピッツバーグは、まったく驚きもせずに手招きした。

「遅いも何も、人質と接触するなんてできるわけがないだろう？　見つけたのか？」

「ああ、たぶん見つけたと思う。魔術師のアクロポリスだ」

ロライマは、松明を挟んでスピッツバーグの右側に腹這いになった。後ろからゴンザレスが入って来る。

「この、北側の一列を見てくれ。たぶん、彼らの世界観を表わした絵文字だと思うが、中心に描かれた一〇階建ての宮殿、これがたぶん、魔術師のアクロポリスの中心部だと思う。ほら、下にゾノットが描かれているだろう」

「上の四階が天空の上に突き出ている。これがか？」

「いやいや、ずっと考えていたんだが、この境目にあるのは、一見漂っている雲に見えるが、そうじゃない。これは地表だよ。われわれにとっては、地上が最下層になるが、ゾノットに恵まれた彼らにとってはそうじゃなかったんだ。彼らの世界観の中では、地下もまた何層にも分かれ、生活空間として存在した」

「じゃあ、この宮殿の、六階部分までは地下にあるというのかい？」

「ああ、たぶん間違いない」

「六階建ての宮殿といったら、三〇メートルの高さは必要だぞ。それに、広さといったら、フットボール場ぐらいはあることになる」

「ああ、たぶん、それくらいあったんだろうな」

「どこに？」

「問題はそれさ、南側の絵文字を見てくれ。簡単な地図がある。地形は描いてないがね。太陽が東側にあり、中心部に、この神々の寝所がある。右半分に描かれたマスクは、たぶん王のものだろう。王の墓があるのか、あるいは神殿そのものがあるのか、とにかく、レディ・ファントムのキャッスルよりは、もう少し東側ということになる。東側のゾノットの一つが、どこかその地下宮殿と繋がっているはずだ」

「地上から捜索したら、四階部分が発見できるんじゃないのか？」

「今でも建っていればの話だ。可能性は薄いんじゃないか」

「解らないな……」

とロライマが呟いた。

「コマンダー、もしよろしければ、上から残骸なり遺跡なり、捜索を要請することができます」

「連中は応じますか？」

「もちろん。何しろ、人質がいるんですからね。プランダラー・ポールより先に見つけないと、面倒なことになる」

「いいだろう。君たちにははっきりさせておくが、私は、麻薬組織の戦争には何の興味もない。いざとなったら、連中と戦うのもやぶさかじゃない。だから、一刻も早く、見つけるものを見つけ出してくれ」

こんなことなら、アマンダも一緒に人質になるんだったと、不埒《ふらち》な考えが、一瞬、ロライマの脳裏をよぎった。

飛鳥は、着陸するなり、「サイドワインダーを持って来るんだった……」と呟いた。

「サイドワインダーでもどうだったかしら。あんな低く降りられたら、対空ミサイルなんかより、対戦車ミサイルのほうが有効だわ」

武器員が、二五ミリ砲弾を補給しに機体から飛び出す。威力が増したのはいいが、マガジンが重くなり、補給は重労働だった。

「すみませんが、少佐、ヘリをお借りしていいですか？　リベア博士を連れて行くべきだと思います」

ダグが言った。

「政府軍が必要とするかもしれないが、となると、ヘリであのクレバスに突っ込まなきゃならない」

「やむを得ません。私が博士に同行します。われわれがベラスケス中佐と合流する間だけでいいですから、クレバスを制圧してください」

「それはいいが、無理強《じ》いはしないでくれよ。相手は民間人なんだからな」

「もちろんです」

ダグは、ヘルメットを脱ぐと、管制塔で防弾チョッキとM16A2を手にし、コンバット・エクスプローラーへと走った。

エクスプローラーが離陸すると、農林水産省の平原大陸技官が、防弾チョッキを着込んで、ブルドッグのコクピットに登って来た。

「飛鳥さん、そろそろ私が乗りましょう」

「何のために？」

「ずっと無線をモニターしていたんですが、ようするにあなたがたは、ヘリが出入りする秘密のゾノットや、ジャングルに隠された遺跡を探していらっしゃるんでしょう？　それらはいずれも緑に守られていて、私は、そっち方面の専門家です。植生《しょくせい》から、ある程度の推測がつきます」

「いいだろう。乗ってくれ」

「ちょっと貴方！」

歩巳が抗議した。

「部外者ですよ⁉」

「だが、民間人じゃない。こっちは藁《わら》にも縋《すが》りたい状況なんだ。本人が希望しているんだからかまわないだろう」

「ちょっと待ってちょうだい。こっちへ来なさい大陸！」

歩巳はハーネスを外すと、平原の袖《そで》を引っ張ってブルドッグを降り、ラダーのそばで問いつめた。

「また昔のように無茶をやって、誰かを泣かすようなことは止《や》めなさい！」

「無茶じゃないだろう。現に君らはリスクを負っているじゃないか？」

「私たちはプロです。自分が負っているリスクを知っています。貴方って人は嘘をつくのが下手《へた》なくせに、本当の狙いは何なの？」

「解らない。だが、たぶん、みんなが血眼《ちまなこ》になって探しているマヤの宝物の正体が何か、解るような気がする」

「何なのよ？」

「内緒《ないしょ》、まだ確信が持てない。それは置いておいても、君たちが手を焼いているジャングルの偵察には、僕の知識が役に立つかもしれない」

「ひとつ聞くけど、貴方が死んで悲しむ人間はいないわね？」

「学習効果はあったつもりだよ」

歩巳は、思いっきり平手打ちを喰らわせて、ラダーを駆け登った。

「離陸しましょう！」

「連れて行くのかい？」

「貴方が機長ですから、どうぞご自由に」

平原が頰をさすりながらさっさと乗り込み、補助シートに窮屈《きゅうくつ》そうに腰掛けた。

「じゃあ、行きましょう」

飛鳥は、燃料補給を待って離陸した。


コンバット・エクスプローラーは、数張りのテントが並ぶ路上に降下し、ダグが走ってテントへと向かった。

ヘリが降下を始めた時には、もうアマンダがテントから顔を見せて、不安そうに見守っていた。

「ダグさん。まるで疫病神《やくびょうがみ》に見えるわ……」

「すみません。博士。今すぐヘリに乗ってください。ロライマ博士がサパティスタの捕虜《ほりょ》になりました。政府軍はゾノットに取り付きましたが、前進を阻《はば》まれています。マヤを専門とする貴方の専門知識が必要です」

「なんのために？」

「第一に、ロライマ博士らを救出するために。第二に、財宝をわれわれが回収するために」

「彼は自分でどうにかするでしょう。どうせ望んで捕虜になったんでしょうから。財宝なら、そんなものはありません」

「博士、政府軍は地下道の歩き方を知りません。ロライマ博士がいないとお手上げです。彼らは、麻薬組織とも戦っているんです。貴方が助けてくだされば、神々の寝所において、考古学的研究の優先権を主張できます。もちろん、米国は、調査に関して、資金面からの援助を申し出るでしょう」

「あなたにそんな権限があるとは思えませんが？」

「簡単なことです。テレビ・メディアを連れて行って、大発見だと喚《わめ》かせればいいんですから」

「痛いところを突くのね……」

アマンダは、カスコを呼んで、あとのことを指図《さしず》した。もし万一の時は、現地採用スタッフは解散、それ以外は、チームを纏《まと》めて飛行場に立て籠《こも》るよう命じた。

アマンダは、ロライマに渡すつもりで準備していたリュックを肩に掛けてヘリに乗り込んだ。カスコが笑顔で見送った。

「ダグさん。私はここに帰って来なければなりません。あの人たちの生活が懸かっているんです」

「もちろんです。私が同行します。必ず、お二人の博士も連れ帰ります」

コンバット・エクスプローラーが離陸すると、真上からブルドッグがエスコートした。

神々の寝所上空に近付くと、飛鳥はベラスケス中佐を呼び出した。

「こちらバッファロー、コヨーテ、応答せよ」

「……こちらコヨーテ、今取り込んでいる……。前と後ろから挟み撃ちに遭った様子だ」

無線機の向こうで散発的な銃声が響いていた。

「これからヘリを突っ込ませて、リベア博士を降ろす」

「冗談は止《よ》せ！　ここはそんな状況じゃない」

「大丈夫だ。なるべく、出口側に待避してくれ。外を掃除《そうじ》してから降ろさせる。ヘリでの援護もできるだろう。弾薬も持参している」

「好きにしろ」

飛鳥は、コンバット・エクスプローラーをクリッパー・バレーに待機させ、クレバスに近づいた。

「エクスプローラー、周囲を叩いてから、南側に煙幕弾《えんまくだん》を叩き込み、俺が囮《おとり》になる。その間に突っ込め」

「了解」

飛鳥は、今度は躊躇《ためら》わずに台地の上へと突っ込んだ。クレバスの、庇《ひさし》部分側から、一〇五ミリ砲弾、二五ミリ機関砲を叩き込み、クレバスの上を綺麗に払った。台地上に突っ込んだ瞬間、フレアを発射しながら、高度を落とす。

歩巳がホイールに両手を添えながら、右翼側を監視する。発射されたM206フレアが、しばらく機体と平行に飛んだ。左右に飛び出る数十本の炎が綺麗だった。

神々の寝所を南北に縦断して旋回して帰ると、今度は、北側の渓谷へ、東側からスピードを落として進入した。

「煙幕弾装塡《そうてん》！　五発でいい」

飛鳥は風を読んだ。クレバスの南西側に落とせば、西からの風に乗って、その入り口をしばらくカムフラージュできるはずだった。

真下で、エクスプローラーがホバリングしていた。

「よし行くぞ！」

一〇五ミリ戦車砲から、煙幕弾を連続発射する。さすがに手榴弾サイズの煙幕とは違い、一気に二〇メートル四方が白い煙に包まれた。

エクスプローラーが、その中に突っ込んで行く。クレバスの中に降りた瞬間、銃弾が機体を叩いた。

「大丈夫、アサルト・ライフルの弾だ」

友坂は、レールの上、一メートルほどでホバリングした。

真正面の暗がりから、銃弾が浴びせられる。友坂は、一二・七ミリ機銃で応戦した。

暗がりから転げるように飛び出て来たベラスケス中佐が、ロケット弾ポッドを指して「撃ってくれ！」と怒鳴《どな》った。

「無茶を言う……」

友坂一尉は、地面までの高度を読みながら、微かに上昇し、庇《ひさし》部分にちょうどスタブ・ウイングが出る程度の高さで、七〇ミリ・ロケット弾を発射した。全弾がポッドから離れた瞬間、ポップアップする。

完全に上昇しきれない間に、爆発音が伝わり、爆風が庇の下から噴《ふ》き出し、エクスプローラーを五メートル近くも持ち上げた。瞬間、ローターが失速状態に陥《おちい》り、失速警報が鳴った。パワーを上げたが、機体は鉄の塊《かたまり》となって落ちて行く。だが、高度が低かったのが幸いした。

ひどいショックを受けたが、エクスプローラーは、パレットを運ぶレールとレールの間に着地してくれた。ダグが、椅子から起き上がり、ドアを開けて弾薬ケースを外へ蹴《け》り落とす。爆風の影響が残っているせいで、視界は五メートルとなかった。

ダグが飛び降りると、アマンダがそれに続いた。

友坂は、機体の調子を確かめながらも、一気に上昇した。

ベラスケス中佐が、アマンダを抱きかかえるように、庇の下に飛び込んだ。

「あんな凄い爆発だとは思わなかった……」

「いったいぜんたい、貴方がたは遺跡を何だと思っているのよ⁉」

アマンダは、震える声で抗議した。

M16A2を持つダグは、先頭に立って暗闇の中に突っ込んで行った。反撃はなかった。

「少なくとも湾曲部までは全滅させたはずだ。一〇名かそこいらが潜《ひそ》んでいたはずだが」

ダグは、走りながら光が途絶《とだ》えるあたりで、照明弾を奥へと放った。二〇〇メートルほど行ったあたりで、ロケット弾が直撃したのか、天井が墜《お》ち、水路を塞《ふさ》いでいた。二メートル近い、盛り土になっていた。そこへ手榴弾を放り投げる。

爆発が起こると、人間の呻《うめ》き声が聞こえた。

ベラスケスの兵士が、銃を撃ちながら突っ込んでゆくと、サパティスタの兵士二人が、血塗《ちまみ》れになって呻いていた。彼らは、助けを求める前に、銃弾を浴びて事切れた。

兵士の後を追って飛び込んだベラスケスは、あっ！　と息を呑んだ。

照明弾の赤っぽい光に、ぽっかりと口を開いた東側の壁が映し出されていた。

「博士、リベア博士！」

アマンダは、まずマグライトでもって、その穴の中を照らした。穴の向こうの作りは、ここの地下水路とほとんど同じだった。違うところといえば、こちらは水が流れていないことだ。

「カムフラージュしたんだわ……」

「何を？」

「ゾノットをよ。こちらのゾノットの水脈は、不透水層を掘って水が地中へ染み込ませて、上を流れないようにしたのよ」

ベラスケスは、入り口を固めさせ、中に入った。

そこも、異様に綺麗な空間だったが、人が入った痕跡はなかった。

マグライトで遠くを照らすが、光は暗闇に吸い込まれるだけだった。

「行きましょう。お断わりしておきますが、私はこの奥に黄金があるなんて話は信じません。ただ、ちょっとした宮殿があったという程度でしょう」

ベラスケス中佐は、要所要所を固めさせ、アマンダの導《みちび》きに従って前進した。三〇分も歩くと、自分たちがどこにいるのか、誰も解らなくなった。


スピッツバーグとロライマのチームは、足踏み状態だった。

ゴンザレスは、キャッスルに出て、ロライマが持っていたウォーキートーキーで、ブルドッグを呼び出した。

ブルドッグは、キャッスルの三階から見ると、地平線上に浮かんだり消えたりを繰り返していた。地対空ミサイルを恐れているのがよく解った。

「CIAと話がしたい。私はサパティスタのコマンダー、ゴンザレスだ」

「あいにくとコマンダー、CIAマンはいない。私はスペクター攻撃機の機長だ。私が話を聞く」

「宮殿の捜索に協力してくれ。ロライマ博士の話だと、おそらく、地上四階建てほどの宮殿が、今私がいる場所から南東方向にあるということだ」

「あいにく、われわれには、貴方がどこにいるのかすら解らない」

「台地のほぼ中央付近だ。あとでタイヤを燃やして目印を付ける」

「それはどうも。ところでコマンダー。その真上を飛んだ途端に、スティンガー・ミサイルで撃たれるのは困る」

「私がいるエリアより南東には、スティンガー・ミサイルは配備されていない。たぶん、残ったそれは、すべてヘリコプターに装備されたと思う」

「思うじゃ困るよ……」

「君たちは、あれこれ抗議できる立場にない。人質がいるんだということを忘れないでくれ。しかし、南東側エリアに関しては、麻薬組織と話をつけよう。決して攻撃しないように」

「協力はしないでもないがね、スパイ衛星で発見できなかったものが、見付かるという約束はできない」

「努力するんだね。すぐ捜索にかかってくれ」

ゴンザレスは、オートバイのタイヤを積み上げさせ、灯油を掛けて燃やすよう命じた。レディ・ファントムが、カンカンに怒ってオートバイをすっ飛ばして来た。

「何のつもりよ⁉　ゴンザレス」

「一時停戦する。アクロポリスを発見するまで」

「解っているの⁉　ここは私たちの本部基地なのよ！」

「いずれは見付かる。それに、心臓部の地下通路がこういう状況では、ヘッドだけ無事でも、意味はない。この戦いは、場所取りが問題なのじゃない。財宝を発見して持ち去るか、あるいは死守したほうが勝ちを収める。そのためには、敵とでも手を組む。君がウォール街で習った駆け引きは、しょせん相場という数字相手だ。だが、私が会社で学んだオイル・ビジネスは、人間相手の駆け引きでね、任せてもらおう」

トッドは、ゴンザレスの側に付いて提案した。

「ここを守りきっても、政府軍にみすみす財宝を渡してしまっては、元も子もない。ここはゴンザレス司令官の判断を尊重しましょう」

「そんなこと言ったたって、連中が私たちには嘘をつき、正確な発見場所を政府軍にだけ教えたらどうするのよ⁉」

「私は彼らを信じるね。政府軍ならともかく、人質の安全を優先するだろう。連中のことだ。財宝なんか、いつでも横取りできると考えるさ」

「あたしは脱出の準備をさせてもらいます。付き合いきれないわ」

レディ・ファントムは、憤然としてゾノットへと降りて行った。

プランダラー・ポールは、さっきより遥かに大きな地下水脈へと到達した。天井の高さは均一で、ほぼ三メートル近くあった。水路の幅は四メートルほどで、ところどころ橋が架かっていた痕跡があった。

「見つけたな……」

プランダラー・ポールは、ふうーと肩を降ろした。

「台地の中心位置より、だいぶ南東に寄っていますね」

「わざとそうしたのさ。ここを偽装するために、中心や西側に、地上遺跡を作った。本物の宮殿は、たぶん地下空間だろう」

プランダラー・ポールは、磁石を取り出したが、くるくる回って使いものにならなった。ＩＮＳナビゲーターを用《もち》いて位置を特定したあと、北へと向けて歩き始めた。

平原技官は、観測窓のバブル・ウインドーに首を突っ込み、真下を注意深く観察していた。

ブルドッグが捜索するエリアは、五キロ四方程度だった。二度、三度と、トラフィック・パターーンで飛ぶが、さすがの飛鳥も、この深いジャングルの中では、何も発見できなかった。

平原は、最初から、なるべく高い木があるエリアを探すよう頼んだ。

「どうしてよ？　遺跡があるんなら、むしろ障害物が多くて低木しか育たないはずじゃないの？」

「いや、マヤはカムフラージュがうまかった。その文明が衰退する時は、末代まで遺跡が発見されないよう、むしろ木々が育つよう整備したと思うね。だから、一五〇〇年ほどの樹齢がありそうな大木の近くのほうが、その可能性が高い。ところが、ここは不思議と、大木はあるんだが、それほど樹齢のありそうな木はないんだな。地下空間のせいで、根が張れないのかもしれない」

一五分ほど旋回して、平原は、シダ類の生《お》い茂る密林の中に、何やらピラミッド型に近い、建造物らしきものを発見した。

「機長、もう一度回ってください」

飛鳥は、二〇〇メートルほどの至近距離に近付いて、ようやくその建物に気付いた。

「とんでもないな……。あんなの気付きようもないぞ」

気付かなかったのは、たぶん三角形の底辺が広すぎるからだった。相当、なだらかな傾斜だった。

「どうするの？」

「取引する。二人の学者さんをヘリで回収して、サパティスタと一緒にこの場へ連れて来る。上からブルドッグで遺跡に狙いを付けておき、学者さんの仕事が片付いたらヘリで引き揚げる」

「いいでしょう」

飛鳥は、ゴンザレスを呼び出して条件を提示した。そして、飛行場へと引き返し、飛鳥は、エクスプロラーのキャビンに乗り込んで、すぐさま歩巳が操縦するブルドッグとともに飛び立った。

エクスプローラーのキャビンには、平原もいた。平原は、「自分がいたほうがためになる」と謎めいた台詞《せりふ》で強引に乗り込んだ。

キャッスル上空で、ロライマ、スピッツバーグ、ゴンザレス、そしてレディ・ファントムを次々とホイストで吊り上げた。結局は、レディ・ファントムも財宝の魅力には勝てなかったのだ。

コンバット・エクスプローラーは、戦闘ヘリコプターでありながら、八名ものキャビン容量を持っていた。

飛鳥は、最後に乗り込んで来た女のフライトスーツから、硝煙の匂いを嗅《か》いだ。女は、飛鳥のウイング・マークを見つけると、不敵な笑みを浮かべた。

ほんの二分で、目標上空に到着し、レディ・ファントム、ゴンザレスと、逆の順番で降りる。最後に平原と飛鳥が降りて、エクスプローラーは、待機場所のクリッパー・バレーへと引き揚げて行った。

六人が降り立った場所は、鬱蒼《うっそう》としていて、地上からは、空を見ることもできなかった。

「これじゃあなぁ……、スパイ衛星でもどうにもならんわ……」

飛鳥は、女の前に立ち、「見事な腕前ですな」と挨拶《あいさつ》した。

「貴方もね。たかが輸送機でよくやるわ。お互い、同じスペックのミサイルでやり合ったのが、災《わざわ》いしたみたいね」

「そのようですな」

ロライマとスピッツバーグは、そんなことはお構《かま》いなしに、地下遺跡への入り口を調べ始めた。

「なぜこんなところに日本人がいるのかしら？」

「パートタイムで米軍に雇われましてね。麻薬壊滅作戦の手伝いに」

「消費する人間がいる限り、そんなことは無理よ。税金の無駄遣いだわ」

「半分ぐらいは同意しましょう」

ロライマが、遺跡の一階部分に上がり、床の石板を、マグライトで叩き始めた。

「相棒、俺たちがこの台地の左右で発見した遺跡と、まるで様式が違う。ありゃ何だったんだ？」

「カムフラージュだろう。こりゃ妙だぞ。この床を見ろ。こんな斬新《ざんしん》なデザインは、今でも滅多《めった》に見られない」

木の枝で、床のゴミを払うと、まるでＣＧで描いたような幾何学《きかがく》模様の繊細《せんさい》なデザインの絵柄が彫り込まれていた。

突然、何か、発砲音のような物音が地下から聞こえてきた。

「どこだ⁉」

二人が腹這いになって、その音を頼りに必死に床を叩く。

「こっちだ！」

二カ所だけ、響きが違った。ゴンザレスが、スコップを突っ込んで、石板を持ち上げる。マグライトを当てると、下へ向かって、幅二メートルはありそうな大理石の階段が続いていた。銃声は、その下から響いていた。

プランダラー・ポールは、あと一歩というところで、障害にぶち当たった。天井の高い大広間に出た途端、マグライト目がけて銃声が響いた。

ベラスケス中佐のチームと鉢合《はち》わせしたのだが、どちらも相手のことが見えずに、てっきりサパティスタか、あるいは麻薬組織だと思って銃撃していた。

ベラスケス中佐とアマンダは、枯れた水路を通ってここまで辿り着いていた。一キロほど手前から、水路に水が張るようになり、今では深さ五〇センチほどの流れが、かなりのスピードを持って下流へと流れていた。

上から攻撃する格好の、ベラスケス中佐のほうがやや有利だった。

部隊を散開させつつ、真っ暗闇の中で攻撃を加える。だが、こちらのほうが有利なはずなのに、向こうは暗視装置があるのか、暗がりから狙撃していた。

プランダラー・ポールにとっては、敵がゲリラだろうが政府軍だろうが、同じことだった。出て来る財宝を独占することだけが、彼の目的だったからだ。

プランダラー・ポールは、暗視ゴーグルの光源として照明弾を数発脇へ投げさせると、ちょこまかと動く敵を狙撃した。

突然、頭上が明るくなり、天井の高い部分に、人影が映った。

「ルイス！　上の敵を抑《おさ》えろ！　なんとしても敵を撃退するんだ」

ロライマとスピッツバーグは、飛び跳《は》ねる銃弾に、それでも、「撃つな！　撃つな！」と叫びながら、階段を降り始めた。

だが、五階部分まで降りたところで、流れ弾《だま》がロライマの右足を撃ち抜いた。ロライマが、よろめきながら階段を転《ころ》げ落ちる。

ロライマは、自分が死んだと思った。黄泉《よみ》の国への入り口に立ったと思った。天をも焦《こ》がすかと思われる、眩《まばゆ》い光が現われ、自分を包んだかのように錯覚した。

彼は、神を見たと思った。

8章　因果律《いんがりつ》

ロライマは、あまりの眩《まぶ》しさに痛みを忘れて両手で顔を覆《おお》った。

眩《まばゆ》い球体が現われた瞬間、熱風がロライマを襲い、彼は大理石の床を五メートルほど吹き飛ばされた。

光は、一瞬にして収まり、その球体と思った場所に、白い宇宙服を着た人間が立っていた。

直径五〇センチほどのヘルメットの前面は、防眩《ぼうげん》バイザーで覆われていた。

その人間は、手袋——五本指だった——をした腕を上げ、バイザーを上へ持ち上げた。

よく見ると、足下から湯気《ゆげ》が立っていた。

「ミラージュの男……」

スピッツバーグが、相手の正面に回り込み、ロライマを抱きかかえながら、呻《うめ》いた。

ミスターMは、左手に抱えたバッグを開き、何か小型ピストルのようなものを取り出し、ロライマに近づいた。

「危害は加えない……。ちょっと、応急治療をさせてください」

どこか機械的な響きのある声が、ヘルメットの周辺から聞こえた。英語だった。

男は、ロライマの隣に座り込むと、そのピストルを腕に押し当てた。注射器だった。

「残念ながら、われわれの時代の医療をもってしても、外傷を一瞬にして元に戻すことはできない。これで痛みはなくなるでしょう。でも、しばらく動かないほうがいい」

「その……、何者ですか？　貴方は」

ヘルメットを覗き込むと、東洋系の顔だった。

「その前に――」

男は、建物のテラスに出ると、「銃を置きなさい」と、英語、スペイン語で命じた。

「すべての兵士は銃を置き、そこで待機しなさい！　プランダラー・ポール、ベラスケス中佐、リベア博士、そして、地上の諸君に、ここに集まっていただきたい」

四人が上から降り、三人が下から登って来る。

男は、テラスから、部屋の中央へと移動した。何か指輪のようなものを部屋の片隅に放ると、それは、まるで真昼のような明るさに輝いて部屋を照らした。

部屋の中央に、長方形の小さな台座があり、金細工で作られた箱が置かれていた。

「まず、私は貴方がたと同じ人間です。宇宙服を着ているのは、私がこの時代の病原菌に対して、ほとんど免疫《めんえき》を失っているからです」

「タイムトラベラー？」

アマンダの胸に抱かれたロライマが言った。

「そう。そういう表現が、たぶん一番正しいでしょう。二三世紀の、後半の人間です。中国人です」

男は、何か早口の中国語でレディ・ファントムに語りかけた。すると、マーガレットは笑い転げながら、早口で言い返した。

「なんて言ったの？」

「麻薬はよくないから止《や》めるべきだって、広東《カントン》語で言ったのよ。で、私は、私の親は台湾出身だけど、大陸から逃げて来たくちだから、南の言葉は解らないって答えたの」

「すまない。そこまでは考えつかなかった」

男は、今度は英語で答えた。

「残念ながら、われわれの時代の国際語は、英語ではなくて中国語なのでね、英語はあまり得意じゃない。この言葉は、思考コンピュータに翻訳させている。まだちょっと不自然だ。抑揚《よくよう》に含まれるニュアンスまでは伝えられない」

「日本なんか消滅したあとだろうな……」

飛鳥がふと嘆《なげ》いた。

「いや、ミスター飛鳥。心配はいりません。日本は没落したが、その優秀な官僚機構はそっくり中国へ移されて、また花開きました」

「やれやれ……」

「なぜ、貴方は、こんなところにいるんです？　文化人類学者ですか？　それとも、僕と同じく情報考古学者？」

「まず、ひとつずつ、順を追って説明しましょう。私は、物理学者です。厦門《アモイ》工科大学で教鞭《きょうべん》を執《と》っています。私が一〇歳の時に行方不明になった父も、物理学者でした。父は、タイムマシーン製作に打ち込んでいました。理論上は、もう貴方がたの世紀の後半に可能なことが認識されつつあったが、実用化には、それから二世紀を必要とした。二一世紀になって理論化されたタイムトラベルは、ただし、ひとつだけ問題がありました。莫大《ばくだい》なエネルギーを必要とする。それこそ、ユーラシア大陸沿岸を繋ぎ合わせるような巨大な粒子加速器が必要になる。私の父は、それを解決しました。コンパクトな装置を開発しました。だが、これにも問題があった。どこかへ行くことはできるが、帰るには途方もなく正確な計算を必要とする。そうこうしているうちに、父はいろんな勢力に狙《ねら》われる羽目になりました。タイムマシーンは、危険です。歴史を作り変えることができる」

「ナグサス王⁉　それが貴方のお父さんね？」

「ええ、その名前は、本来ではありませんが、貴方がたの時代の歴史ではそう呼ばれています。事実でないのは、私が潜り込ませた虚偽の伝説の中に登場するからです。

魔術師のアクロポリスは存在しません。黄金文化もね。それは私が、父の遺跡を探し出すために、歴史に織り込んだ偽《にせ》情報です。スペインの征服時代でした」

「ちょっと待ってくれ。貴方は、ジャイアント・インパクトのころにもここを訪れている。地層に、そのブーツの足跡が残っている」

「ああ、それはですね、博士の勘違いです。たまたま、その地層に足跡が残ったというだけです。ここを見てください」

男は、自分が出現したあたりを指さした。大理石が溶け、ブーツの足跡が出来ていた。

「私がタイムマシーンで飛び出した瞬間、重力は当然足下へと向かっています。これは、ワームホールを出た直後にも、しばらく継続されます。ひとつは、理論上、もうひとつは、私の身の安全の必要から、わざとそうさせています。今は性能が安定しましたが、以前はひどいもので、空中に突然逆さまに現われたり、地中に閉じ込められたりしたのでね」

プランダラー・ポールは、水中洞窟《どうくつ》のテラスで見つけた代物《しろもの》の不自然さが、ようやく理解できた。

「かなりのエネルギーを帯《お》びているので、周囲がイオン化し、まあ、こうやって溶けるんです。たまたま、あの地層の上に出てしまっただけです。皮肉なことですね。こんなものを崇《あが》め奉《たてまつ》る文化が生まれたというのは。それはともかく、父は逃げました。永遠に――。誰も追って来れない世界に。それが私が一〇歳の時です。私が一七歳になったバースデイに、通信ネットワークを覗いていたら、父が失踪前に書いた電子メールが届きました。私が、大学入学前に届くようプログラムされていました。それには、父が製作したタイムマシーンの設計図がありました。そして、もし、世界が、タイムトラベルをコントロールできるような時代が来たら、私を回収しに来てくれと認《したた》めてありました。残念ながら、そんな時代は当分来ないでしょう。でも、私は物理学を学び、密《ひそ》かに父のタイムマシーンを完成させました。でも、ここでも問題がありました。父が、どの時代の、どんな場所へジャンプしたのかが解らなかった。フーズフーの紳士録に父の名前は見当たらなかった。そこで、歴史や考古学を学び、見当を付けた古代文明へジャンプしました。モンゴロイド系だったので、太平洋沿岸部に限りました。マヤ文明らしいと気付いたのは、実は、ＴＰＣの新商品という新聞記事を、今の時代に発見したからです。原理はまったく解らないが、紫色の苔《こけ》が、防虫防《ぼう》黴《ばい》剤として、絶大な効果を得るものとして、メキシコのＴＰＣ研究所において開発されたという記事です。それは、私たちの時代では、すでに二〇二〇年ごろに、中国の学者によって発見されたことになっている防虫剤でした」

「待ってくれ、因果律《いんがりつ》が崩壊する」

ロライマが言った。

「僕はタイムトラベラーの可能性が一番高いと思って、いろいろ勉強したんだ。それだと因果律が崩壊するじゃないか？」

「そうです。つまり、私がここで、私の父を殺したら、未来の私は存在しない。それが因果律です。確かに、微妙な修正を迫られます。父はですね、ゴキブリがだめな男だったんです。それで、私はたぶん、その防虫効果の高い、しかも簡単に自己再生が利《き》く苔を持ち歩いたのではないかと推測しました。それから、マヤ文明を行ったり来たりして父を探しました。私が父を探し出したのは、私の時間の中では、一年前、三五歳の時で、父の時間では、五〇歳でした。父が死ぬ三日前のことです。原因不明の高熱に冒《おか》され、ふせっていました。抗生物質とかを使い果たし、助けるには連れ帰るしかなかった。われわれの時代は、本当に脆弱《ぜいじゃく》な身体《からだ》になったんです。でも、父は拒否しました。ここで一〇年間を暮らし、家庭を持ち、王としての暮らしにも満足していました。父は、可能な限り、文明には干渉《かんしょう》しませんでした。自分が王としての威厳《いげん》を示す時以外はね。私は、父の願いを受け入れました。それからしばらく、ここの文化を観察することにしました。その因果律を調査するためにね。ところが、父が死んだあと、どうも一定期間、かなり高度な文明が発達した形跡がありました。父は、私には黙っていたが、マヤ時代の子供に、とんでもないプレゼントを残していました」

男は、金色の箱を開け、中に置かれていた、煙草《たばこ》の箱ほどの電卓状のプレートを取り出した。表面に触れると、二メートルほど離れたところに、三〇インチ程度のホログラム映像が映し出された。

「われわれの時代、流行《はや》ったものです。アルティメット・エンサイクロペディア。究極の百科事典です。語学から歴史、天文学、医療に至るまで、ありとあらゆるテーマの知識が網羅《もうら》されている。二二世紀までの。私も、常時携帯しています。父は、たぶん、自分が生き延びる術《すべ》を学ぶ手段として、これを持参したのだと思いますが、子孫に残すのは止《や》めるべきだった。幸いにして、息子たちは父の戒《いまし》めを守りました。悪用はしなかった。せいぜい、末裔《まつえい》がこの大理石のお城をここに建てて、このプレートを祭ったぐらいです。その次の世代は、このプレートの扱い方を知らなかった。もう忘れ去っていた。このまま、私も忘れ去ってもよかったんですが、ここでまた、因果律の問題が出てくる。もし、このプレートを、後の、理解し、操作できる世代が発見した場合には、その後の歴史に及ぼす影響はあまりにも大きすぎるとね。しかし、私には、父が死んだ場所は解っても、その子孫が暮らしたこの空間がどうしても解らなかった。私は考古学者ではないのでね、地上なのか地下なのかも、誰が父の王国を継承したのかすら解らなかった」

「使われている間に、回収すればよかったじゃないですか？」

「それができなかった。私は、そう、しばしばここを訪れるのが、危険だということを早々に理解しました」

「揺らぎの問題ですね？」

「そのとおり。あまりワームホールを酷使《こくし》すると、タイムトラベルに失敗するばかりか、空間に重大な損傷を与えてしまう危険がある。その時の影響は計《はか》り知れない。ブラックホールのひとつやふたつ、発生するかもしれない。私は、その限界を考えながら、行動しなければならないという悩みに付きまとわれた。それで、貴方がたに調査するよういろいろと仕向けて、ここに導《みちび》いてもらうことにしたんです」

「面倒な……。貴方の時代なら、ニュートリノ・レーダーが実現されているはずだ。それで地中を探れたはずなのに」

「もう一〇〇年はかかるというのが、同僚の意見でね、それまで待てなかった。技術的には可能なはずなんだが、何しろ、研究費が出ない。そういう悩みは、いつの時代にもありましてね」

「なぜ、われわれに攻撃を？　何も撃墜することはなかった」

ダグが恨《うら》めしげに言った。

「申し訳ないと思っています。あの接触は事故です。タイムアウトした瞬間に、あの飛行機が突っ込んできた。避けようがなかった。残念ながら、私の時代のアメリカ軍の公式資料にも、謎の墜落事故を起こしたと記録してあった。私は事故の前に知っていたのだが、その原因がまさか自分だとは思いもしませんでしたよ。ミスター飛鳥の機体への接近は、警告でした。つまらないことで、血を流してほしくはなかった。とりわけ、私の父がしでかした過《あやま》ちが原因ではね」

突然、頭上をジェット機の爆音が横切った。

「なんだ⁉」

「ダマリオ将軍の手兵よ。あたしが呼んだの。一〇万ドル払って」

Ｆ―５Ｅ戦闘機の爆音だった。

歩巳は、一発めのサイドワインダー攻撃を、チャフでかわした。高度を下げつつ、回避運動をとる。

「どうしてこういう時に限って、こんなのが現われるのかしらね……」

歩巳は、敵戦闘機をクリッパー・バレーへ引っ張り込んだ。

「エクスプローラー、預けたわよ！」

「了解、任せてください」

歩巳は、失速速度ぎりぎりのスピードで、幅一〇〇メートルとない渓谷地帯を縫《ぬ》うように逃げ回った。真下に、エクスプローラーがホバリングしている。

一〇〇〇メートルほど飛んだところで、F—5Eに追いつかれた。

「機長の真似ごとでもしてみるかしら……」

「ミサイル！」

歩巳は、左翼を上げながら、二五ミリ機関砲を撃った。岩壁にぶち当たり、凄《すさ》まじい埃《ほこり》と、撥《は》ね返ってくる破片がブルドッグを叩く。

歩巳は、五秒間引き金を引き続けた。追尾《ついび》して来たサイドワインダー・ミサイルが、その破片をもろに喰らって誤爆する。

友坂は、F—5Eがブルドッグを追ってオーバー・シュートした瞬間、背後から、スティンガー・ミサイル二発を発射した。おそらく編隊長機と思われる機に命中し、岩肌に突っ込んで大爆発する。

二番機が、ふらふらと、その爆風を避けようとしたが無駄だった。まるではたかれたみたいに、ジャングルの中へと墜《お》ちて行く。こちらも大爆発だった。その爆発音は、二〇キロ近くも離れた、大宮殿の中にも響いたぐらいだった。

宇宙服の男は、その爆発音に、にんまりと笑った。

「レディ・ファントム。ダマリオ将軍への送金を急ぎすぎましたね。貴方のニューヨーク駐在員は、いつもの複雑な迂回《うかい》方法をとらなかった。金の流れは、全部財務省にばれて、ダマリオ将軍は、失脚を余儀《よぎ》なくされます。私が、このあたりに、発掘があるだろうとめどを付けたのは、将軍の失脚記事と、戦闘機の謎の墜落事故というニュースを読んだからです」

「僕らは記録を残さなかったのかね？」

「ええ。まったくです。貴方がたは積極的な発掘活動を行なうが、このピラミッド構造物に関しては一切記録を残しません。今日の、この場での出来事に、のちのち記録となりそうなものは一つもありません。ロライマ博士がご友人に預けた光磁気ディスクには、その後何かの記録が付け加えられた形跡はありません。私は、貴方がたが、この百科事典からひとつでもよけいな知識を得る前に回収せねばならなかった。知識が拡散したあと、乗り込んでも、因果律を修復するのは不可能です。それには、今日、この瞬間を追うしかなかった」

「ひとつ聞きたい。この文明は嘘なのか？　存在しないものなのか？」

　プランダラー・ポールが訊いた。

「いえ。この文明は存在しました。貴方は、ちゃんとお目当てのものを持って帰るでしょう。でも、モンゴメリー博士に伝えなさい。危険な冒険も、知識の独占も止《や》めるべきだと。習慣性のない麻薬原料の栽培は、結局失敗します。それは、新たな消費者を開拓しただけに終わった。レディ・ファントムのような悪党を、また豊かにするだけの結果に終わった」

「伝えておくよ」

「あら、そうだったの？　もったいないことをしたわね。てっきり商売の邪魔だと思ったのに」

マーガレットが昨夜の攻撃を後悔して言った。

「私は、そろそろ帰らねばなりません。帰って、タイムマシーンを破壊します。いずれはまた誰かが発明して、因果律の壁に挑むでしょう。神が、遍《あまね》く世を正しく統《す》べることを祈るのみです」

「われわれはどうなるんだね？」

ゴンザレスが縋《すが》るような顔で訊いた。

「コマンダー、一つだけお答えしましょう。文明なんて、儚《はかな》いものですよ。まるで流れ星みたいに短い命です。では、皆さん。お元気で」

男が、腰のボタンに触れると、光の輪に包まれ、一陣の風を残して、一瞬のうちに消え去った。

「さて、どうしたものかな諸君？」

プランダラー・ポールが振った。

「黄金がないとなれば、ここにいる理由はない。これはただの考古学的遺産にすぎない」

ベラスケス中佐が無念そうに答えた。

「では、私は自分の目当てのものを探させてもらうよ」

「ちょっと待ってください、プランダラー・ポール。私も、貴方の捜索に参加します。そして、見つかったものは折半《せっぱん》とさせていただきます。アメリカだけが種子ビジネスを独占するのはよくない」

平原が言った。

「いいだろう。種ばかりあっても、技術がなければ、しょせんはただの種だ。日本の技術力で、アメリカに当面追いつけるわけじゃないからな」

二人は、それから二層降りたフロアに並べられた二〇ほどの壺の中で、お目当てのものを発見した。

稲からトウモロコシに至るまで、おそらく数トンに達しそうな数十種類の種子が収められていた。どれも、まるで昨日採取したような新鮮な輝きを放っていた。

農耕民族の最高の財産だった。

「こんなものが役に立つのかい？」

飛鳥は不思議な顔で訊いた。

「この時代は、寒冷期と温暖期が交互に訪れた時代でした。農耕は難しかった。一五〇〇年前の種子というだけでも価値があるのに、もし、この種の中から、汚染されていない原生種の遺伝子を回収することができれば、まず、温度変化に耐性を持つ種子を得られます。それを足掛かりに、われわれは、他者より二〇年はジーン・ビジネスを先行できるでしょう。恐竜の遺伝子を再構成するより、遥かに重大な科学的成果を得られます。TPCは、それを独占するつもりで、プランダラー・ポールを雇ったというわけです」

「何しろ、戦争だからね。まあ、いささか阿漕《あこぎ》な会社であることは認めるが」

エピローグ

ベラスケス中佐とゴンザレス司令官は、キャッスルへ引き揚げ、お茶を飲みながら会談した。ダグが間に入っての、兵力引き離し交渉だった。

まずサパティスタの即時撤退と、後始末のための政府軍の一週間の駐屯《ちゅうとん》が決議された。リベア博士の強い要望で、発掘調査団への攻撃や威嚇《いかく》はないこともゴンザレスは約束した。

アマンダは、エクスプローラーでロライマを病院へと運んだが、スピッツバーグは一人残り、発掘調査の優先順位の検討に入っていた。

レディ・ファントムの姉妹とトッドは、いつの間にかヘリで脱出した後だった。追おうとしたブルドッグを、飛鳥が制した。何となく憎めない女のような気がしたからだった。

「またいちだんと逞《たくま》しくなったな。君は」

ゴンザレスは、数年ぶりに会うベラスケスに、頼もしげに言った。

「こき使われていますのでね」

「文明が一瞬なら、われわれの一生は芥子粒《けしつぶ》みたいなものだ」

「いいじゃないですか。全力を尽くして生きたという証《あかし》があれば……」

「一番巨大な麻薬組織が壊滅したとなると、しばらくは米軍の攻撃もないのかな?」

「そうですねぇ。私もしばらく、本国へ引き揚げてゆっくりしたいですね」

ダグは、わりと満足した顔で答えた。

「今でも、幻を見たんじゃないかという気がするよ」

「幻だったということにしておくのが無難でしょう。科学技術は恐ろしいですね。過去の歴史まで変えてしまう」

ゴンザレスは、早々と席を立った。

「この次会う時は、お互い容赦なしにな」

「もちろんです。いつか正々堂々と貴方と戦って、文明の法廷に立たせてさしあげますよ」

「申し訳ないが、君が頂《いただ》く文明と、私が信じる文明は、次元が違うようだ」

ゴンザレスは、その瞬間だけ、悲しげな表情を見せた。

飛鳥は、ロライマをはじめとした怪我人をエクスプローラーで病院までピストン輪送させると、平原技官を地下宮殿に残したまま引き揚げた。

ブルドッグが夕暮れの滑走路に着陸すると、またれいによってカンカンに怒った歩巳が降りて来た。

「二機もの戦闘機に追われたってのに、貴方って人は、どこで油を売っていたのよ⁉」

「うん。ちょっとな、文明に関して、皆さんと、哲学論争していた」

「何バカなこと……、だいたい、あの麻薬組織のボスを逃がしてやれなんて」

飛鳥は、にやにやしながら、管制塔脇のデッキチェアに佇《たたず》み、バドワイザーを飲みながら、空へ向かって「乾杯！」と祝杯を上げた。

「何がおかしいのよ？」

「いやぁ、俺たちはどんな最期《さいご》を遂《と》げるんだろうかと思ってね」

「あんたが畳《たたみ》の上で死ねないのは間違いないわね」

「お前さんら、お役人は大丈夫なんだろうな。きっと、ゴキブリとペンペン草だけが地上を覆うような時代がきても、役人と官僚組織だけは生き残るんだろうな……」

遥か西の空を、旅客機と思《おぼ》しき飛行機雲が延びて行く。まるでUFOみたいだった。

儚《はかな》いからこそ、われわれは人生を価値あるものとすることができる……。

飛鳥は、そう呟《つぶや》いた。

本書は一九九五年九月に祥伝社より刊行された『黄金郷《レイン・フォレスト》を制圧せよ　―シリーズ制圧攻撃機《ブルドッグ》出撃す―』を改題し、文庫化しました。

本作品はフィクションであり、実在の個人・団体などとは一切関係がありません。

文芸社文庫

レイン・フォレスト
黄金郷《ブルドッグ》を探索せよ！
制圧攻撃機突撃す

二〇一九年四月十五日　初版第一刷発行

著　者　大石英司
発行者　瓜谷綱延
発行所　株式会社　文芸社
〒一六〇-〇〇二二
東京都新宿区新宿一-一〇-一
電話　〇三-五三六九-三〇六〇（代表）
〇三-五三六九-二二九九（販売）

印刷所　図書印刷株式会社
装幀者　三村淳

ISBN978-4-286-20823-7